「魔王討伐のごほうびに、
そして死んでしまったお詫びに、
なんと！ 特別に！
ごほうび転生をさせてあげます！」
女神
人の生と死を司る
女神ではあるが、
ややぽんこつ気味。
ごほうび転生！
～神様にもらった
【ポータブルハウス】と
【地図帳】で自由な旅を
満喫します！～

フラム
火の精霊。
天真爛漫な元気な子。
スローライフ旅スタート！

エルミア・アレゼール
エルフの町「ユグドル町」の町長。
エルル
犬の獣人。
食堂「レスタ」の店員。
アサヒ
転生者。女神から
レアスキルなどをもらい
第三の人生を謳歌中。
新たな世界で楽しい

神獣
おいしいものが好き。
姿を自由自在に
変えることができる。
不思議な気配がしたと思ったら
まさかの神獣に遭遇!?

ごほうび転生!
～神様にもらった
【ポータブルハウス】と
【地図帳】で自由な旅を
満喫します!～
ぼっち猫
ill. riritto

口絵・本文イラスト
riritto

装丁
木村デザイン・ラボ

CONTENTS

プロローグ 005

第一章 旅のはじまりとウェスタ町 009

第二章 故郷の味とエルルの思い 087

第三章 エルフの町《ユグドル町《まち》》 180

エピローグ 250

特別編 絶品ナスの厚切りステーキ 262

あとがき 280

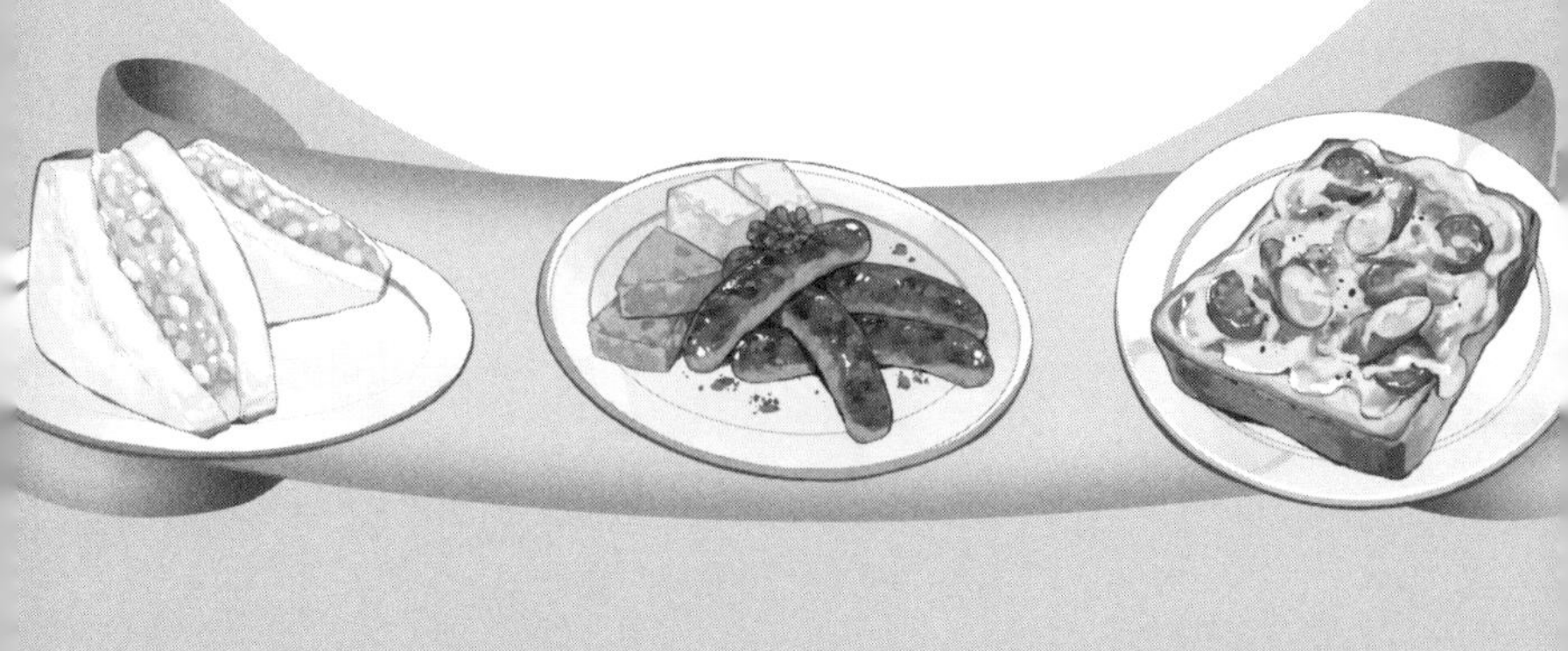

本著は、２０２４年カクヨムで実施された「第9回カクヨムＷｅｂ小説コンテスト」異世界ファンタジー部門で特別賞を受賞した「ごほうび転生！～第三の人生は、特典【ポータブルハウス】と【地図帳】で自由な旅を満喫します！～」を加筆修正したものです。

プロローグ

「ここは……」

「ええとあなたは――そう、神谷旭《かみやあさひ》さん！　――おっと違いましたね、もうライズさんなんでした。ライズさん、魔王討伐ありがとうございました！」

気がつくと、俺は真っ白な空間に立っていた。

周囲には何もなく、影すら存在しない。

このただただ白い世界に、今、俺はある人物（？）と二人きりだ。

だがこの不可思議な状況に陥ったのは、今回が初めてではない。

――というかこの女神、また勝手に違う器に入れ込んだな？

どう考えても別人の体だし、なんか若返ってる！

「魔王を倒したのに、その半年後に死ぬってあんまりじゃないか？　普通もっとこう、悠々自適な生活を楽しむとか、輝かしい未来が待ってるとかさぁ……」

「残念ながら、私たち神が下界に直接手を加えるのはご法度なんですよ～。だからこそあなたのような転生者が必要、というわけなんです☆」

「そんな無責任な……」

目の前にいる真っ白いワンピースを身に纏《まと》った金髪碧眼《へきがん》の女神・フィーナは、まったく悪びれる様子もなくサラッとそう言ってのける。

ちなみに、俺がフィーナと会うのは二度目だ。

一度目は、ブラック企業に勤める日本人だった俺・神谷旭が、ナイフを持った男に襲われている少女を助けて死んだときだった。

つまりこいつは、人の生死や転生を司《つかさど》る女神なのだ。多分。

「そんな嫌そうな顔しないでくださいよ～。それにしても魔王ともあろう者が、死に際にあんな強力な毒の呪いをかけるなんて。まったくなんて往生際の悪いっ！」

フィーナはそう、口をとがらせてぐちぐちと文句を言う。

文句を言いたいのは、その毒の呪いのせいで死んでしまった俺の方だ。

「でも、終わったことをいつまでも嘆いていても仕方がないので、その辺のあれこれはおいておきましょう。大丈夫です！　魔王討伐のごほうびに、そして死んでしまったお詫《わ》びに、なんと！　特別に！　ごほうび転生をさせてあげます！」

フィーナは、「どうだ！」と言わんばかりのドヤ顔でそう言い放った。

いや、大丈夫って何がだ。

というか、ごほうび転生？　何だそれ⁇

「ライズさんは、来世はどんなことがしたいですか？」

「え、来世？　……そうだな。一度目の人生も二度目の人生も慌ただしかったたし、今度はゆっくり自由気ままに旅でもできたらいいな……」

「ふんふんなるほど、旅ですか。――あ、それならいい転生枠がありますよ！」

そう言いながら、何やらタブレットのようなものを操作している。

転生先の候補が載っているのだろうか？

「ライズさんには、クレセント王国に転生してもらいましょう！」

「クレセント王国？　どんなところなんだ？」

「それは着いてからのお楽しみです☆　ごほうび転生ですし、今回の特典はとっても豪華ですよ～！　レアスキル【神の援助】と【レイヤー透過】、それからレアアイテム【ポータブルハウス】【地図帳】【アイテムボックス】を授けます！」

――ええと？　スキルもアイテムも、よく分からないものばかりだな……。

何となく【神の援助】はすごそうだけど、ほかは本当に豪華なのか……？

「それってどういう……」

「あ、そうそう、着いてからしばらくのお金も必要ですよね。所持金も500万ボックルにしておきます。1ボックル＝1円くらいの価値なので、元日本人のライズさんにぴったりです☆」

「お、おう。助かるよ。それで……」

「ええとあとは……魔法適性は全属性持ちにしておきました。これはあなたがライズとして積み重ねてきた経験と功績を反映させた結果です――って大変！　もう就業時間を十分も過ぎてるじゃないですか！　それじゃあライズさん、次こそはいい人生を過ごせることを願っていますね☆」

「えっ⁉　ちょ――」

ホワイトな環境だな！

――じゃなくて！　いや、それはいいことだけど！

今はもうちょっと残業してくれええええええええええ！！！

第一章　旅のはじまりとウェスタ町

「――こ、ここは？」

気がつくと俺は、見知らぬ空間にいた。

先ほどまでいた真っ白な空間ではなく、今度は現実的な場所だった。影もある。

「……どこかの部屋みたいだな。何もないけど」

そこまで考えて、ふと違和感を覚えた。

第二の人生が始まった際には、生まれたての赤ちゃんからのスタートだったはず。

今の俺は、なぜか既に成人しているらしい。

――いや、鏡もないし成人しているかは分からないか。でも目線や見える範囲での体つきから、少なくとも幼い子供でないことは確かだ。ごほうび転生であることが関係してるのか？

部屋の広さは、一般的な一人暮らし用マンションの一室くらい。

正方形の枠だけがあるような殺風景な状態で、家具や家電の類は何もなかった。

床はフローリング、壁と天井はよくある白い細かな網目模様の入ったやつだ。

窓にはカーテンがかかっていて、そのまわりを結界のようなものが覆っている。

そのため外を見ることはできないが、隙間から光が差し込んでいることを考えると、今は朝か昼なのだろうか？

「ん？　あれは――コンセントの差込口？　なんか久々に見たな……」

窓の横とドア付近に二つずつある差込口を見て、懐かしい神谷旭としての生活を思い出した。

俺の記憶の範囲ではそれが最初の人生だが、正直あの頃には戻りたくない。

ブラック企業で仕事に追われ、家にもほとんど帰れず、おまけに上司に怒鳴られる地獄のような日々なんてもうまっぴらだ。

――助けたあの女の子、元気にしてるかな？

「ドアの先は何だろうな？　静かだし誰もいないように感じるけど……」

窓がある方とは反対側にあるドアのノブにそっと触れてみる。

どうやらこちらは結界に阻まれてはいないらしい。

ドア部分は白く塗られた木とガラスでできているが、磨《す》りガラスになっていて向こう側を見ることはできなかった。

本当なら武器が欲しいところだが、部屋はがらんとしていて持ち運べそうなものは何一つない。

俺は慎重に、そっとドアノブを下げて少しずつドアを開いていく。

「……キッチンと……ユニットバス……？」

ドアの先には、細い通路の左側に設置された小さなキッチンと、右側の開け放たれた扉の先のユニットバス、それから玄関が姿を現した。

どう考えても、日本でよく見ていた一人暮らし用1Kマンションの一室だ。

ユニットバスに備え付けてある鏡に近寄ると、黒髪で整った顔立ちの、高校生か大学生くらいの男が映った。

「――これが俺か。まあまあいい感じだな、さすがごほうび転生だ」

転生も二度目となると、もはや自分というよりゲームのアバターか何かを見ている気がしてくる。

ちなみに神谷旭は冴《さ》えないおっさんで、ライズは金髪のイケメンだった。

「にしても、外が見られないのはどうなってんだ？　玄関からは出られるのか？　出られない場合は、ここに閉じ込められてるってことに――」

そこまで考えて、あの女神が特典として【ポータブルハウス】がどうこうと言っていたことを思い出した。

「――ってことは……ええと、この世界でも出せるのかな？　ステータスオープン！」

試しにそう前へ手をかざすと、「ブオン！」という音とともに半透明のステータス画面が現れた。

ゲームによくあるあれだ。

＊＊＊＊＊
アサヒ（男・十八歳）
職業：旅人
魔法適性：全属性
状態：インハウス

所有スキル：【神の援助】（レベル１）、【レイヤー透過】（レベル１）
所有アイテム：【ポータブルハウス】（レベル１）、【地図帳】（レベル１）、【アイテムボックス】（レベル１）
所持金：５００万ボックル

＊＊＊＊＊

この名前、絶対「めんどくさいから第一の人生で使ってた名前でいっか☆」みたいに決めたな、あの女神。まあでも……。

「あってよかった、ステータス画面！　なるほど、今の俺は十八歳なのか。状態のとこに表示されてる『インハウス』ってどういうことだ？　ポータブルハウスの中にいる状態とか、そういう？　それなら玄関からなら――」

俺は玄関へ行き、置いてあった靴を履いてドアを開ける。

「――これは！」

ドアの先にあったのは、マンションの共有部分や近代的な世界――ではなく、高台から見下ろす青空と緑の広がる景色だった。

丘を下ったはるか先には町と思われるものが一つ見えていて、その周辺には家や農場もちらほらと点在している。

しかしそれ以外は見渡す限り森や草原、湖などの自然ばかりだった。

どうやらだいぶ辺境に転生したらしい。

「――そうか、今の俺の職業は旅人だもんな。ここからこの【ポータブルハウス】を拠点にしつつ、自分で歩いて世界を広げろってことか？」

外の風は心地よく、そよそよと優しく肌を撫《な》でていく。気候も程よく申し分ない。

俺は思いっきり深呼吸をし、新しい人生の始まりを噛《か》みしめて、これからの生活に思いを馳《は》せるのだった。


「まずはスキルとアイテムの確認からだな……」

所有アイテム欄にある【アイテムボックス】は、アイテムを異空間にしまえる収納ボックス的なものだろう。第二の人生でもフルに活用していた。

そして【ポータブルハウス】は、恐らくさっきまでいたあの部屋のことだな。

レベル1ってことは、レベルが上がると進化するのか？

「あと【地図帳】は――なるほど、画面上に出るのか」

ステータス画面内の【地図帳】をタップすると、画面が切り替わった。

しかし画面は真っ白で、唯一記されているのは、俺の現在地だと思われる赤い点のみ。

拡大されている状態なのか地形も分からず、これではまったく意味をなさない。

「自分の足で歩いた部分が記される――とか？　本当は歩く前に知りたいんだけどな。まあでも、ないよりはいいか」

現在地の確認はいったん諦《あきら》めて、今度はスキルの方へ目をやる。

「【神の援助】と【レイヤー透過】はよく分からないな。援助って何してくれるんだ？　レイヤーってたしか絵を描く人がよく言ってたやつだよな？　俺、絵のセンスは皆無だぞ？」

スキルもアイテムも、これといった説明が一切ない。

どうせなら、この【神の援助】で一から教えてほしいものだ。

ステータス画面をくまなくチェックし、あれこれ考えてみたが、結局スキルについては何一つ分からなかった。


「――今日はもうここで休んで、明日あの村を目指すか」

女神の説明不足で状況確認に時間を要し、気づいたときには日が傾き始めていた。

村の様子もよく分からないし、夜に突然訪ねるのも申し訳ない。

俺はいったん【ポータブルハウス】内へ戻り、そこで一夜を過ごすことにした。

「でもここ、何もないんだよな。せめて食べ物と水、あとは布団がほしいんだけど……。そういえば、ここに来てから何も食べてないな。腹減った……」

キッチンはあるが、水道と流し台があるだけで冷蔵庫すらない。

コンセントがあるってことは、家電を入手する手段があると思うんだけど。

そんなことを考えながら部屋に戻ると、部屋の真ん中にさっきまでなかったはずの四角い板のようなものが置かれていた。なんだこれ？

「……パソコン？」

その場に座り込み白いツヤツヤした背面のノートパソコンを開くと、電源を入れる前に画面がつき、いくつかのアイコンが並んだトップページが表示された。

アイコンには、「クローゼット」「Ｐショップ」「レポート」「メモ」「メール」の五種類がある。

「Ｐがよく分からないけど、ショップってことはここで何か買えるのか？」

Ｐショップを開くと、そこには家具や家電、食材などなど、このポータブルハウスで生活するために必要なアイテムがずらりと並んでいた。

ここで買うのか！

お金はたしか５００万ボックルあったはずだし――って、うん⁉

＊＊＊＊＊

ポイント：３０００ポイント

＊＊＊＊＊

「これはもしかして、ポイントで買えってことなのか……？」

Ｐショップの「Ｐ」ってそういう⁉

＊＊＊＊＊

パジャマ……１５００ポイント
布団セットＡ……３５００ポイント
……
お弁当Ａ……２９０ポイント
お弁当Ｂ……３９０ポイント
お弁当Ｃ……６００ポイント
……
……

＊＊＊＊＊

え、高っ！　いや、俺の所有ポイントが少ないのか？
布団セットの時点で既に足りてない……。
これ、ポイントはどうやったら稼げるんだ？
「まずは、このポイントの稼ぎ方を考えないと……」
そう思ってショップ内をくまなく見てみると「？」のマークを見つけた。
サイト内にあるこういうマークは、大抵ヘルプページへ繋《つな》がっている。

俺はそうであってくれと願いながら、「?」をクリックした。どうやら、当たりだったようだ。

＊＊＊＊＊

◆ショップの使い方

↓ショップは【ポータブルハウス】内でのみ使用可能。

専用のパソコンからアクセスし、商品を選んで購入します。

支払いは現金不可。専用ポイントでお支払いください。

◆ポイントの稼ぎ方（旅人バージョン）

↓旅の記録をレポートにまとめ、メールで送信してください。

＊＊＊＊＊

トップページにあった「レポート」と「メール」はこれのためだったのか！

でも旅の記録って言われても、たどり着いたばかりで何もしてないのに書くことなんて……。

「――いや、無理矢理にでも書けば、少しくらいはポイントがもらえるかもしれないな」

今はとにかく、1ポイントでも稼ぎたい。

目指すは食料と、一番安いのでいいから布団セット！

俺は【ポータブルハウス】の中から始まった今日一日のことを思い出し、できる限り詳細に書き出してレポートを作成。そしてメール機能を使って送信した。

「こ、これでいいのか……?」

そわそわしながら反応を待っていると、数分後にはメールの返信がきた。

＊＊＊＊
アサヒさん
レポート受け取りました。ありがとうございます。
報酬のポイントは、ショップ画面からご確認ください。
それでは、引き続きよろしくお願いいたします。
いい人生を過ごせることを願っています。
＊＊＊＊

早速ショップを確認すると、先ほどまで3000だったポイントが4000に増えていた。

先ほどのレポートの報酬は1000ポイントだったらしい。

「よし、4000ポイントあればお弁当Aと布団セットAが買えるぞ。お弁当Bも買えるけど、とりあえず今日は一番安いのにしておこう。何があるか分からないし」

お弁当と布団セット、どちらもAをカートに入れて支払いを済ませると、部屋にダンボール箱が出現した。商品が届いたということだろう。

中を確認すると、のり弁らしき弁当と圧縮された状態の布団セットが入っていた。やったぞ！

俺は布団を引っ張り出して空気を含ませ、床に敷き、シーツや枕カバーをかけて寝られる状態まで整えた。

いたって普通の布団だが、新品なこともあってそこそこ快適に寝られそうだ。

「――そういや水がほしいな。水道の水って飲めるのか？」

――と、ここまで考えて気がついた。水を入れるグラスがない。

ついでに箸《はし》もない！　箸くらい、お弁当につけてくれてもいいのに！

ショップを確認すると、ガラスのコップが一つ１００ポイント、箸が一膳《ぜん》１００ポイントだったので、それを購入することにした。残り10ポイントしかない！

お弁当Bにしてたら、手づかみか犬食いを余儀なくされるところだった。危ない……。

俺は布団の端に座り、お弁当A（のり弁）を食べる。

ちなみに温かいなんてことはなく、普通の冷えた弁当だった。

「まあ最初はこんなもんだよな。むしろこれくらいの方が、旅の始まりっぽくてなんか燃える！」

第二の人生では、崖《がけ》っぷち貴族の三男として生まれ育ち、ひたすら勉学と魔王討伐のための訓練に励み、実際魔王を打ち倒して勝利を収めた。

女神にも「神谷《かみや》旭《あさひ》さんが魔王を討伐しなければ世界が滅ぶ」と聞かされていたため、自分の人生でありながらルート選択の余地はなく、あらかじめ決められていた道を進んだ。

そして毒の呪いに侵され、そのまま死んだ。

――だからこそ。

この第三の人生では、自分で決めた道を、自分の力でゆっくり歩いていきたい。

◇◇◇

初めての夜は、手に入れた布団セットAのおかげで熟睡することができた。

第一の人生では会社への泊まり込み、第二の人生では訓練や出陣での野営とけっこう過酷な生活を続けていたせいか、眠るのは比較的得意な方だ。

「今日はいよいよ町へ向かうぞ！」

外に出ようとすると、靴箱の上に昨日まではなかった小さな布袋が置いてあった。

布袋は紐《ひも》を引っ張ると口が絞れる形状で、簡易的なリュックサックになっているようだ。

これを使えということだろうか？

――にしても昨日のパソコンといい、これどう考えてもあの女神――本人かどうかは分からないけど、とにかく神様からの援助だよな？

人間の世界に直接手は出せないんじゃなかったのか？

この【ポータブルハウス】内は特別なんだろうか……。

まあ、助かるからいいけど！

俺は身支度を整え、靴を履いて外に出た。今日もいい天気だ！

ちなみに【ポータブルハウス】は、物理的にその場に設置されるわけではなく。

出入りする際にドアだけが現れて異空間へ繋がるような、そういう作りのようだ。

外に出てドアを閉めると、そのドアさえも跡形もなく消えた。

坂を下り道なりに進んでいると、中年の女性がこちらへ向かって歩いてきた。

「こんにちは。見かけない顔だねえ」

「こんにちは。ええと……実は旅の途中なんです」

「旅？　そんな小さな袋一つでかい？」

この世界で、魔法や【アイテムボックス】はどういう位置づけなんだろう？

この人の反応から察するに、少なくとも【アイテムボックス】はみんなが持ってるわけではなさそうだよな……。

「あまり物を持たない主義なんですよ。身軽な方が動きやすいですからね」

「あっはっは。若いねえ。町まではここから三十分ほど歩けば着くはずだよ。そうそう、町にレスタって食堂があるんだけどね、安くておいしいからよかったら行ってみておくれ」

「ありがとうございます」

その後も女性と少し話をして、俺は再び町を目指して歩いていく。

町の周辺は農場になっており、人々が農作業をしていた。

「――っ、着いた！」

門の先には、第二の人生で見た田舎町のような場所、つまり西洋風の小さな町が広がっていた。

派手さはないが手入れが行き届いていて、立ち並ぶ石造りの家のあちこちに美しい花や植物が植えられている。

ぐうううううううう。

「――見て回る前に、まずは腹ごしらえだな。そういえば、さっきの女性が安くておいしい食堂があるって言ってたな。まずはそこに行ってみよう」

ありがたいことに、文字の類は読めるようでほっとした。

町は活気に溢《あふ》れていて、家屋の一階が店になっているところも多い。

店では、串焼《くしや》きやパンなどさまざまなものが売られていた。

「――お、あったぞ。ここがレスタか」

女性に教えてもらった「レスタ」という食堂は町の中心に近い、比較的目立つ位置にあった。

まだ営業時間前なのか、店の前では店員だと思われる一人の少女が開店準備をしている。

ふわふわの茶色い髪をうしろにまとめたその子は、くりっとした目が愛らしく可愛《かわい》い系の顔をしていた。

そしてなんと、犬っぽいふわふわの獣耳《けもみみ》と尻尾《しっぽ》が生えていた！

犬には詳しくないため犬種は分からないが、思わず触りたくなる触り心地のよさそうな毛並みをしている。

――獣人か？　前の世界にはいなかったから、なんか新鮮だな。

すげえ、本当にもふもふしてる……。

「おはようございます。ここの料理がおいしいって聞いて来たんですが……」

「いらっしゃいませ！　すみません、うちは十一時オープンなんです。でももうすぐなので入っちゃってください。どうぞ！」

獣人の少女はそう笑顔で扉を開け、中へ案内してくれた。優しい子だな。


「ご注文がお決まりになりましたら、お呼びくださいね。ごゆっくりどうぞ」

「ありがとうございます」

メニュー表、それから木のカップに入った水とおしぼりを置いて、少女はやわらかな笑顔で会釈して去っていった。

水とおしぼり、出るんだ……！

俺は世界各国の文化に詳しいタイプではなかったが、飲食店で水やおしぼりが無償提供される国は、第一の人生を過ごした世界にしかなかったな。しかも、限られた国だけだったはずだ。

水とおしぼりに感激しつつメニュー表を確認すると、さまざまな料理が並んでいた。

＊＊＊＊＊

【食べ物】
麦粥《むぎがゆ》……５０ボックル
パン……２００ボックル

サラダ……300ボックル
燻製《くんせい》肉とキャベツのスープ……400ボックル
シチュー……500ボックル
野菜炒《いた》め……350ボックル
ソーセージとチーズの盛り合わせ……500ボックル
白身魚のフライ……600ボックル
ミートパイ……800ボックル
チキンステーキ……800ボックル
牛肉のステーキ……2000ボックル
【ドリンク】
蜂蜜《はちみつ》酒……300ボックル
ビール……350ボックル
赤ワイン……400ボックル
白ワイン……400ボックル
ぶどうジュース……300ボックル
炭酸水……200ボックル

＊＊＊＊＊

――メニュー、思ったより豊富だな。

この世界には紙幣がなく、日本の「円」と同じ刻み方で1ボックル、5ボックル、10ボックル、50ボックル、100ボックル、500ボックル、1000ボックル、5000ボックル、1万ボックルとして全て硬貨で存在している。ちなみに2000ボックル硬貨はない。

「すみませーん！」

「はーい！　ご注文、お決まりになりましたか？」

「おすすめの料理はありますか？　この辺りに来るのは初めてで……」

「あっ、でしたらソーセージはいかがですか？　ウェスタ町の名物なんです。豚のひき肉とハーブを腸詰めにした料理なんですよ」

先ほどの少女は、そう言いながらメニューの「ソーセージとチーズの盛り合わせ」と書かれた場所を指差した。

ちなみにウェスタ町というのは、この町の名前のようだ。

「じゃあそれと……あとはパンと野菜炒めをお願いします」

「かしこまりました♪」

開店時間を過ぎたのか、ちらほらと店内に客が入りだした。

メニューを見ながら何にしようかと考えている客もいれば、店員を待つこともなく「いつものな！」と叫ぶ常連っぽい客もいる。

いつの間にか店員の数も増え、お昼時に備えて準備を始めていた。

「おまたせいたしました！　パンと野菜炒め、ソーセージとチーズの盛り合わせです」

おお、うまそう……！

パンはハード系で、カンパーニュのような見た目をしていた。

注文時には足りるだろうかと考えたが、直径十五センチはありそうなカンパーニュのようなパンを厚さ二センチほどにスライスしたものが三枚載っており、けっこうボリュームがある。

野菜炒めはキャベツと玉ねぎ、エンドウ豆に加えて、少量のベーコンも一緒に炒められていた。艶《つや》やかかつ色鮮やかで食欲をそそるビジュアルだ。

そしてこの町の名物を含む、「ソーセージとチーズの盛り合わせ」！

ソーセージの長さは二十センチくらいあり、太さも二センチ以上はありそうだ。

うっかりビールを頼みたくなったが、これから町を回る予定があるため、今は水で我慢することにした。

「ソーセージ、大きいですね。それにめちゃくちゃうまそう！」

「ふふ、ありがとうございます♪　ここのソーセージ、スパイスやハーブが効いていておいしいって人気なんですよ。ごゆっくりお召し上がりくださいね♪」

「ありがとうございます！」

店員さんが会釈して去ったあと、俺は早速ソーセージにかぶりついた。

――うっま！　ソーセージうっま！

え、まじか。第二の人生では、まずいとは言わないが微妙に味気ない料理が多かったけど。

今回は大当たりなのでは⁉

弾力を感じるソーセージの断面からは、肉汁をはらんだ艶やかな肉が姿を現し、同時に肉とスパイス、ハーブの素晴らしい匂いが湯気とともに鼻腔《びこう》を刺激してくる。

そして匂いからくる期待を裏切らない、むしろ上をいく豚肉の強いうまみとハーブの爽《さわ》やかさが口いっぱいに広がった。

しっかり熟成させたハード系のチーズも、味わい深いカンパーニュのようなパンと合わせて食べてみたところ大正解だった。

「どうですか？　お口に合いましたか？」

「ええ、本当においしいです。さすが、人気店だけありますね！」

「ありがとうございます。気に入っていただけてよかった……！」

お水を持って回っていた先ほどの少女は、俺の言葉に少し照れながらも満面の笑みを浮かべる。

耳がピコピコ、尻尾がパタパタ動いているのがまた可愛い。

野菜炒めも、野菜の甘さがしっかりと引き出されていて、そこにベーコンのうまみと塩気が程よく行き渡っている。エンドウ豆のホクホクとした食感もたまらない。

これは他の料理も期待できるな。絶対にまた来よう、うん。

すっかり完食し、俺は会計を済ませるためレジへと向かう。

先ほどの少女は注文を取っている最中で、レジには別の初老の男性が立っていた。

「料理、お気に召したようで何よりです。一部の食材などは、道を挟んだ斜め前にある店でもお買い求めいただけますよ」

「ありがとうございます。おいしかったのであとで寄ってみます」

グレーの髪と髭《ひげ》を持つその男性は、この店の管理側の人間なのか、接客しているほかの店員とは違う服装をしていた。

白いワイシャツと品の良いベストがとても似合っており、貴族の屋敷で働く執事のような雰囲気を醸し出している。

――道を挟んだ斜め前にある店……ってあそこかな？

店から出てすぐの道を挟んだ斜め右には、「レスタショップ」と書かれた看板が下げられている店があった。

店の前では、先ほどのソーセージを串に刺した串焼きも販売されている。

「いらっしゃい。見かけない顔だね、旅人さんかい？」

「こんにちは。ええ、先ほどレスタで食事したら、店員さんがこの店のことを教えてくれて……」

「来てくれてありがとな。中にはいろんな商品があるから、ぜひ見てってくれ」

店はさほど大きくないが、店内にはパンや小麦粉、野菜、肉、チーズやソーセージなどの食材が所狭しと並んでいる。見た感じ、スーパーのような役割もあるのだろう。

――よし、食材はここで調達して帰ろう。

所有ポイントは少ないけど、所持金はまだたくさんあるし。

肉や魚が置かれた木箱の中は、いったいどんな仕組みなのか分からないが、不思議なくらいひんやりとしている。

恐らく、魔法か魔法を使ったアイテムの類なのだろう。

ちなみに今のところ、【ポータブルハウス】内以外ではコンセントの差込口を見ていない。

レスタもレスタショップも店内は明るいが、その正体は壁際や天井にぼわっと灯《とも》っている謎の灯《あか》り――というより光の塊で、家電のようには見えなかった。

――なるほど。この世界自体には、家電はないってことなのか？

だとすると、一層【ポータブルハウス】の存在がありがたいな。

しかし、ポイント不足で家電の類はまだ購入できていない。

今のところポイントの獲得方法はレポートを提出することくらいだし、これは早急に魔法の修得を目指す必要がありそうだな。

◇◇◇

「――ソーセージセットとパン二つ、チーズ、玉ねぎ、キャベツ、トマト、小麦粉、塩、黒コショウで合計２２５０ボックルです」

レスタショップでの買い物を済ませ、人に見られない場所で【アイテムボックス】に突っ込んで、俺はウェスタ町を散策することにした。

物価については、女神が1ボックル1円と言っていただけあって、第一の人生で培った感覚が大いに役立っている。

しばらく歩いていると、「ミスレイ雑貨店」と書かれた店を発見した。

ミスレイ雑貨店は三階建てで、その全てが店として活用されているようだ。けっこう広い。

——へえ、いろんなものが売られてるんだな。さすが雑貨店。

店内には、文房具やアクセサリー、インテリア雑貨、調理器具や食器、掃除用具、日用品などが置かれている。

魔法に関する情報があればと思ったが、そういうものは置かれていなかった。

店が違うのかもしれない。

——と、そこで。

ゴーン！　ゴーン！　ゴーン！

どこかから鐘の音が聞こえてきた。

周囲の人の反応を確認してみたが、特に何か動じている様子はない。

タイミングからいって、恐らくお昼を知らせせる鐘か何かだろう。

どうやらこの世界も、鐘の音が時間を知らせてくれるシステムらしい。

でもレスタの店内にはあったよな、時計。

「お客様、何かお探しですか？」

俺があまりにキョロキョロしていたせいか、品出しをしていたガタイのいい若い男性店員がそう声をかけてきた。

身長も、百七十センチ前後だと思われる俺より十センチは高く、威圧感がすごい。

「いえ、すみません。ここへは初めて来たんですが、すごい品揃《しなぞろ》えだなと」

「ああ、ミスレイ雑貨店はこの村唯一の雑貨店ですからね。お客様の要望を聞きながらいろんなものを仕入れているうちに、気づいたらこうなっていたらしいっす」

男性店員は、店内を見回しながらそう笑う。

怪しまれたかと思ったが、純粋に困っていると思って声をかけてくれただけなのかもしれない。

「あの、時計は置いてないんですか？」

「……時計？　時計は時計店でしか扱えないので、さすがにうちでは取り扱いはないです。南地区に店があるので、そこに行けば手に入りますよ」

男の話によると、ウェスタ町は東西南北を分ける大きな通りによって、東地区、西地区、南地区、北地区と四つに分かれているらしい。

ちなみに今いるミスレイ雑貨店があるのが東地区で、北地区には領主様のお屋敷があり、許可なく立ち入ることはできないと教えてくれた。

「いろいろと教えてくださってありがとうございました」

「いえ。小さな町ですが、楽しんでいってください」

男は品出し後の木箱を積み上げると、手慣れた様子でひょいっと持ち上げ、「何か分からないことがあればお声がけください」と言い残して去ってしまった。

俺はフライパン、鍋《なべ》、包丁、まな板、それから大小二種類の平皿とスープ皿、ナイフ、フォーク、スプーンが各五つずつセットになっている食器セット、それから食器を洗うためのたわしと石鹸《せっけん》、タオル五枚、歯ブラシを購入した。全部で８６００ボックルだった。

スポンジや食器用洗剤、洗濯用洗剤、ボディソープや洗顔フォームは見当たらなかったので、この世界にはないのかもしれない。

このあとも服屋「クロス」で替えの下着や服、パジャマを購入し（計1万６００ボックル）、念のために宿屋の場所を確認して予約を入れた。

実際には【ポータブルハウス】を使うにしても、旅人としてここにいる以上、怪しまれないためにも宿泊施設の利用は必須《ひっす》だろう。

こういう小さな町では、変な噂《うわさ》が立てば広まるのは一瞬だ。

「えーっと、あとは――ん？　あ、あれは――！」

本のイラストとともに「ブクス」と書かれている看板を見つけた。本屋だ。

こういう世界では本が手に入らないパターンもあるかと思ったが、ミスレイ雑貨店に紙が比較的お手軽な価格で売られていたため、もしかしてと期待していたのだ。

ちなみに第二の人生では、本は貴重品扱いだった。

本があれば、この世界のことが分かる。

さらにありがたいことに、店の壁には「魔法書あります」と書かれている。

魔法書！　これで魔法が覚えられるぞ！

チリンチリン。

木製のドアを開けると、ドアに付けられたベルが美しい音色を奏でる。

「いらっしゃいませ〜」

店員もお客さんも、老若男女問わず幅広い層がいた。

店内には雑誌や小説、絵本、実用書、参考書など様々な本が、各コーナーに分かれてずらりと並んでいて、その中には魔法や魔法具に関するものも多くあった。

——魔法書もだけど、まずはこの世界のことをもっと知る必要があるな。

使えそうな本を何冊か買って帰ろう。

本を眺めながら店の奥へと進んでいくと、「この先魔法書コーナー」と書かれた木製のドアを発見した。壁に窓はなく、ドアの先を確認する術《すべ》はない。

どうやら、魔法書はそれなりに特別なものとして扱われているらしい。

緊張しつつもドアを開けると、入ってすぐの場所にカウンターがあった。

室内には、多くはないが何人かの先客がいて、魔法書を吟味している。

「いらっしゃいませ。身分証のご提示をお願いします」

魔法書コーナーへ立ち入ろうとすると、カウンターにいた紫色の髪の女性に声をかけられた。真《ま》っ直《す》ぐの髪が、肩よりやや上で綺麗《きれい》に切りそろえられている。

外見で判断するものではないだろうが、彼女の持つミステリアスな雰囲気に、うっかり「魔法書コーナーに相応《ふさわ》しい人だな」なんて思ってしまった。

「身分証がいるんですか？」

「クレセント王国民であると証明していただけない場合は、魔法書をお売りできない決まりになっておりますので」

なるほど、それで売り場が分かれてるのか。

でも困ったな。身分証なんて持ってるわけ――。

そう思いながらも無意識にズボンのポケットへ手を突っ込むと、何かカードのようなものが入っていた。

――うん？　なんだこれ？

取り出して確認すると「クレセント王国　国民身分証」と書かれており、名前や性別、年齢、職業、住所などが記載されている。

いつどうやって撮ったのか、撮られた覚えのない俺の写真まで貼られている。怖い。

住所のところにはモザイクがかかってるけど、これで大丈夫なんだろうか？

「あの、これで……」

「ありがとうございます。お預かりいたします」

紫髪の女性は、俺の身分証を金色の魔法陣が書かれた黒い石板に載せて手をかざす。

すると魔法陣が光を放ち、五秒ほど経《た》つと再び消えた。

「ご提示ありがとうございました。問題ありませんでしたので、どうぞご覧ください。ご購入の際はこのカウンターへお持ちください」

女性は一礼し、魔法書を見ることを許可してくれた。

どうやらあの身分証で問題なかったらしい。

魔法書はどれも分厚くずっしりとしていて、どういう仕組みなのか開くことができず、中身は見られない。

その代わり、裏表紙にどんな魔法が取得できるのかの説明が書かれていた。

――う、けっこうな額するんだな。そりゃそうか。

魔法書は安いものでも1万ボックル、高いものだと1000万ボックルするものもある。

所持金の500万ボックルがあれば当分は困らないと思っていたが、この感じだとそう甘くもないのかもしれない。

――とりあえず水と火、氷、光の初級魔法。これは多分必須だよな。

ちなみに光の初級魔法は、簡易的な治癒魔法らしい。

あとは初級魔法事典も買っておこう。まずはどんな魔法があるのか知りたいし。

「……あの、こちら全てお買い上げでよろしいですか？」

「？　はい。あ、冊数制限があるようでしたらまたの機会でも」

「い、いいえ、そういうわけではありませんが……。かしこまりました。それでは、合計9万ボックルです」

支払いを済ませ、重い魔法書が入った紙袋二つを受け取って、俺は魔法書コーナーをあとにした。

重い！

魔法書を買ったあと、俺は一般書コーナーでこの世界のことが分かりそうな本を数冊、それからウェスタ町周辺の地図を一冊購入した。

地図、売ってるのかよ！

これでアイテムの【地図帳】がただの地図だったら怒るぞ……。

どうにか人のいない路地に身を隠し、買った本を【アイテムボックス】へと収納した。

今日の夜は、早めに【ポータブルハウス】にインハウスして勉強だな。

食材や調理器具も確保できたし、食事に困ることもなさそうだ。

「いらっしゃい。さっき予約してくれた人だね」

宿屋「エスリープ」に着くと、予約したときと同じ、青い髪をポニーテールにした青い瞳《ひとみ》の女性が声をかけてくれた。キリッと整った顔立ちで、かなり美人な部類ではなかろうか。

「部屋は二階の五号室だよ。はいこれ、部屋の鍵《かぎ》と朝食券一ヶ月分」

「ありがとうございます。朝食がついてるんですね」

「ああ、うちの朝食はおいしいぞ。楽しみにしててくれ」

この宿屋エスリープの宿泊料は、一泊５０００ボックルが基本となっていて。

一週間なら３万ボックル、一ヶ月なら12万ボックルと、長期滞在者用の割引サービスもある。

宿泊することになった部屋は、簡素ではあったが掃除が行き届いていて、男一人が一ヶ月暮らす分には申し分ない。

ベッドや布団の類、棚、机など最低限の家具も備え付けられていた。

そのあたりは【ポータブルハウス】よりちゃんとしている。

掃除は三日に一度のペースでしてくれるらしく、タオルはあるが、それ以外の必要なものは別途買う必要があるらしい。

俺は一通り確認したのち、【ポータブルハウス】にインハウスして今日買ったものを確認することにした。

改めて全部出してみるとけっこうな量だ。

「まずは忘れないうちに、ここまでのレポートでも書くか。ポイントも枯渇してることだしな」

買い物は外でもできるが、この世界で売られているものは、正直食品以外は質がイマイチだ。

服や下着、タオルは生地がゴワゴワしているし、石鹸も一種類しかない。

これしかないなら我慢できなくはないが、手に入るならやっぱり良いもの、使いやすいものをほしがるのが人間ってものだろう。

俺は今日ウェスタ町で体験したことを思い出し、できるだけ詳細にレポートに記していった。

それから、購入品と金額をまとめたものも提出してみることにした。

一日1000ポイントでは、数万ポイント必要な家電までの道のりが長すぎる。

＊＊＊＊＊

アサヒさん
レポート受け取りました。ありがとうございます。
報酬のポイントは、ショップ画面からご確認ください。
それでは、引き続きよろしくお願いいたします。
いい人生を過ごせることを願っています。

＊＊＊＊＊

テンプレ的なメールの返信を待って、早速ショップを確認してみる。

ポイントは、６０１０ポイントになっていた。

どうやらレポートの文字数や内容によって、もらえるポイントが変わるらしい。

俺は食器用洗剤（２５０ポイント）とスポンジ（１５０ポイント）を買い、買ってきた調理器具や食器を洗ってタオルの上に並べ、買ったものを一通り整理して魔法の取得に挑むことにした。

食材も買ってきたことだし、最低限水、火、氷魔法は覚えたい。

――そう思ったのだが。


「ふんっ！　ぐぬうううううう！　ふんぬううううう！」

布団に寝転がり、表紙と裏表紙に手をかけて、俺は魔法書と格闘することになった。

どれだけ力を込めてどう頑張っても、まったくページを開くことができない。

「――っはあっ、はあっ。なんだこの本、どうやって開くんだ？」

女神フィーナの計らいによって、俺には全属性への適性がある。……はず。

それなら、適性がなくて開けないというわけでもないだろう。

第二の人生でも魔法は普通に使っていたが、こんな開き方すら分からないややこしい魔法書は存在しなかった。

「誰かに聞けば教えてくれるかもしれないけど、でもこの歳《とし》で魔法書の使い方を知らないのは変に思われるかもしれないしな……」

そこまで考えて。

ふと思いつきで魔法書に手をかざし、魔力を送ってみることにした。

この世界での魔法の使い方は知らないが、前世と同じ感覚でいけるのなら、魔力を送るくらいはできるかも――と思ったのだ。

ちなみに、魔法書を使わずに魔法を発動させることはできなかった。

どれだけ集中しても、魔力の塊らしきものができた瞬間、そのまま霧のようにふわんと霧散してしまうのだ。

「まあ、物は試しだよな……」

まずは『火魔法①～初級～』と書かれた魔法書に手をかざし、魔力を送ってみる。

すると魔法書が強い光を放ち始め、温かな何かが体内に流れ込んでくる感覚があった。そして。

ポンッ！

『――ふあーっ！　ようやくあたしの出番ね！』

魔法書が消えたと思ったら、そこに身長二十センチほどの赤髪に赤い瞳の何かがいた。

赤髪の何かは、俺のまわりをクルクルと回りながら観察し、『ふーん？』『人間にしてはなかなかね』などとつぶやいている。

「あの、君は……？」

『あー、あたし？　あたしは――』

そこまで言って、赤い髪の何かはピタッと動きを止め、驚いた顔でこちらを見る。

驚いてるのはこっちなんだが？

『え……あの……あんたあたしが見えるの？』

「――え？　まあ、うん」

『すごーい！　ええっ、なになに、あんた本当に人間!?　精霊が見える人間なんて初めて見た！』

赤い髪の何か――本人によれば恐らく精霊なのであろうそれは、目をキラキラと輝かせながらすごい速度で俺のまわりを回っている。

本来、人間には見えないものなんだろうか？

「えーっと……俺が買ったのって、『火魔法①～初級～』で合ってるよな？」

『もちろんっ！　あたしは火の精霊フラムよ。魔法書はね、この世界と精霊界を繋《つな》ぐ扉なの。所有者が魔法書に魔力を流すことで世界が繋がって、あたしたちに認められることで魔法が使えるようになるんだよ！』

そういう仕組みだったのか。

ダメ元だったけどやってみてよかった。

「それで、火の初級魔法を使うにはどうしたらいいんだ？」

『もう使えるわ。安定させるには練習が必要だろうけど。でもまあ、初級なら一週間もすればそこそこ安定するんじゃない？』

「そっか。教えてもらえて助かるよ。ありがとな」

『いいのいいの。あたしも人間と話すなんて貴重な経験させてもらっちゃったし！　ねえねえ、また遊びに来てもいい？　お友達になってよ！』

フラムは顔の至近距離までぐっと迫ってきて、興奮した様子で目を輝かせる。

「俺はべつにいいけど……」

『本当⁉　やったー！　じゃあまた来るわね！　町を出られるくらい力がついたら、北西の森にある精霊の国にも連れてってあげる♪　練習頑張って！』

「お、おう……」

火の精霊フラムは、そう言って、ぶんぶんと手を振りながら姿を消してしまった。

フラムが去ったあと、俺は早速火の初級魔法を使ってみることにした。

魔法書によって魔法を手に入れられさえすれば、あとはイメージしながら念じることで発動する仕様らしい。

俺は手の平を上に向けて、その上に火の塊が現れるのをイメージしてみる。すると。

ボウッ！

手の平に、直径十センチくらいの火の塊が出現した。

手からはわずかに離れているだけだが、心地よい温かさを感じるくらいで熱さはない。

「で、できた……！　これが火の初級魔法か」

前世でも魔法を使っていたおかげか、コツを掴《つか》むのに苦戦することもなく。

火の塊は安定した姿を保ち続けている。

「よし、この調子で水と氷、光の初級魔法も修得するぞ。——これ、まとめて力を注ぐことってできないかな」

俺は試しに『水魔法①～初級～』『氷魔法①～初級～』『光魔法①～初級～』の三冊を並べ、両手をかざして、先ほどと同じように魔力を注ぎ込んでみた。結果。

ポンッ！　ポンッ！　ポンッ！

強い光とともに、水色の縦ロール髪に水色の瞳をした水精霊、青いショートカットに青い瞳の氷精霊、白いふわふわ髪に金色の瞳を持つ光精霊の三体がほぼ同時に出現した。

みんな、互いに顔を見合わせて驚いている。

『魔法書を三冊同時に解除なんて……相当な魔力の持ち主ですわね⁉』

『驚いた。こんなことは初めてだ』

『人間も侮れないものね～。うふふ、楽しくなってきちゃった♪』

三体はそれぞれ、俺のまわりを飛びながら興味深そうに観察してくる。

恐らくこの三体も、俺に姿が見えているとは思ってないのだろう。

「えっと……初めまして……」

若干気まずい気持ちもあるが、火の精霊は快く受け入れてくれたわけだし。

この三体もそうであってくれると信じよう。

俺の「初めまして」という言葉に、三体は再び顔を見合わせて固まる。

状況が読めていない様子だ。

「その……皆さんのこと、見えてます……」

俺がそう告白すると、三体は『『『えええええ！』』』と驚きの声をあげて激しく周囲を飛び回った。

なんだろう、この反応は精霊の特徴なんだろうか？

『し、信じられませんわ！　わたくしが見える人間なんて！』

『この人間、いったい何者なんだ……』

『あらあら、私たちのこと知られちゃったわね～。うふふ』

それぞれの反応を示す三体だったが、驚きはしているものの、特に嫌悪や恐怖は感じていないようだ。よかった。

「さっき、火の精霊フラムにも会ったよ。普通は見えないものらしいな」

『私たちはね～、人間とは少しだけ違う層に存在しているのよ～。たくさんの層が重なって一つの世界ができてるイメージ、と言えば分かるかしら～』

『うん。だから本来、人間は別の層にいる者を認知することができない。だけどキミは……』

『そういうことですわ。あなた、本当に人間なんですの⁉』

あー、なるほど？　そういう？

これ、多分あれだな。あの謎スキル【レイヤー透過】の効果だな！

レイヤー透過ってそういうことか！


火に続いて水、氷、光の初級魔法を修得した俺は、2000ポイントでクーラーボックスを購入し、簡易冷蔵庫を作ることに成功した。

これで買ってきた食材も安心して保管できる！

2000ポイントは今の俺にとってかなり大きな出費だし、本当なら冷蔵庫が欲しいが、冷蔵庫は最低でも2万5000ポイント必要なので当分買えない。

「にしても、力の源でもある精霊と友達になれるなんて、【レイヤー透過】は案外チートスキルなんじゃないか？」

あのあと水、氷、光の精霊たちも、ぜひ友達になってほしいと言ってきた。

こちらとしては断る理由も特にないし、と承諾したら、フラムの時同様ものすごく喜んで帰っていったのだ。

ちなみに水の精霊はアクア、氷の精霊はアイス、光の精霊はシャインという名前らしい。覚えやすくてありがたい。

「――さて、そろそろ夕飯の準備でもするか。せっかく食材を買ったし、何か作ってみようかな」

キッチンには流し台と水道はあるが、ほかは小さな作業スペースとコンロ置き場があるだけだ。

コンロ自体は欲しけりゃ買えということだろう。

でも、さっき覚えた魔法があれば――!

俺はフライパンをコンロ台に直接置き、斜め切りにしたソーセージを投入した。

そして火の塊をフライパンの上に固定して、じわじわと熱を入れていく。

一度出現させた魔法は、望んだ位置に移動したり固定したりできるらしい。

今のうちに、レスタショップで購入したカンパーニュのような――もうパンでいいか。それをスライスしてトマトを刻んでおこう。

「――お、いい感じに焼けてるな」

ソーセージに焼き色がついたら端に寄せて、パンを二切れ並べる。

パンがこんがりしたらひっくり返し、その上に刻んだトマトと塩、黒コショウ、それから焼いておいたソーセージ、削ったチーズを載せる。

あとはチーズがとろけて香ばしい色がつけば完成だ。

「できたぞ!　ピザトースト!」

皿に載せ、水を入れたコップとともに床に並べる。

本当はテーブルが欲しいところだが、わざわざ宿屋側に戻るのもめんどくさい。

ちなみに水は、お試しで水の初級魔法で出したものを飲んでみることにした。

腹を壊しませんように……。

「いただきます！　――うん、うっま！　やっぱり食品は素晴らしいんだよな、ここ。チーズもコクがあって味が濃い。俺好みだ」

ピザトーストの味つけはシンプルに塩と黒コショウのみだが、ソーセージから出た脂で香ばしく焼いたためか物足りなさはまったくない。

トマトのうまみや甘さも程よく引き出されていて、「俺ってこんなに料理うまかったっけ？」と自画自賛してしまうほどだ。

「水も、水道水より格段にうまいな。角がなくて柔らかいし、ほのかな甘みすら感じる気がする」

自分の魔力量や回復速度が分からないため、あまり無駄遣いはできないが。

とはいえ訓練も必要だろうし、飲み水や料理に使う水は魔法で出すことにしよう。

第二の人生では、三男とはいえ曲がりなりにも貴族の息子だったため、立場的にキッチンへ立つことは許されなかった。

そのためこうして自炊するのは、第一の人生以来だ。

「人に作ってもらう料理ももちろんいいけど、こうして自分で作るのも楽しいもんだよな。――そうだ、あとで精霊たちのことと料理のこともレポートにしてみるか」

◇◇◇

「おはよう。昨日はよく眠れたか？」

翌日の朝。

身支度を整えて下に降りると、昨日と同じ青い髪の女性が迎えてくれた。

一階に併設されている小さな食堂では、既に何人かが朝食を摂《と》っている。

「ええ、おかげさまで」

「それはよかった。朝食は無料サービスのものでいいか？　席は決まってないから好きなところに座ってくれ。すぐできるよ」

「分かりました。ありがとうございます」

女性に促されて席に座ると、数分で朝食が運ばれてきた。

バゲットと思われるパン二切れにソーセージ、それから目玉焼きと小さなサラダがセットになっている。

「兄ちゃん、ここに泊まるのは初めてか？　リディアさんの朝食はうまいぞ！　何がいいって、やっぱり美人なリディアさんが作ってくれるとこだよな。はっはっは」

「……おい、それは褒めてるのか？　うまい理由になってないぞ」

斜め前に座っていた男性の発言に、青い髪の女性——リディアさんは顔をしかめる。

どうやら自分よりも料理を褒めてほしいらしい。

朝食はシンプルだが、たしかに丁寧に作っているのが分かる仕上がりだった。

パンはカリふわでモチモチの絶妙な水分量、目玉焼きは程よく半熟で、ソーセージも香ばしい焦げ目がついている。

サラダは千切りキャベツと薄切りの玉ねぎがバランスよく配合されていて、削りたての粉チーズとオリーブオイル、塩コショウがいい塩梅《あんばい》に味を引き締めていた。

「すごくおいしいです。どれも焼き加減が絶妙だし、玉ねぎも辛みが少なくて瑞々《みずみず》しい。こうしてキャベツの千切りに玉ねぎが交ぜてあると、飽きがこなくていいですね」

「分かるのか⁉　そう、そうなんだ！　少しでもおいしく食べてもらえるように、これでもけっこう研究したんだ！」

リディアさんは頬を紅潮させ、朝食に対する熱い思いを前のめりでぶつけてくる。

食堂の利用客は圧倒的に男性が多く、中には荒々しい雰囲気の人もいる。

もしかしたら、これまで気づいてもらえなくて悶々《もんもん》としていたのかもしれない。

「――はっ！　す、すまない。つい」

「いやいや、仕事熱心なのはいいことですよ」

「そ、そうか。うむ、私は仕事熱心なのだ。……そうだ！」

リディアさんはそこまで言ってパタパタと奥の方へ入っていき、少しして何かを持って戻ってきた。

なんだろう？

「気づいてくれた礼と言ってはなんだが、サービスだ。食べてくれ」

そう言って出されたのは、プリンだった。

弾力のあるプリンにスプーンを入れると、美しく滑らかな断面を覗《のぞ》かせる。

「……うまい！」

「おい、ずりーぞ。オレらの方が常連だってのによお。そんなサービス、一度もしてくれたことねえじゃねえか！」

「そうだそうだ！　オレらにも寄越《よこ》せ！」

「うるさいぞ。味の違いが分からないヤツらに渡すプリンはない。もっと味が分かるようになって出直すんだな」

リディアさんはそう言うと、ふいっとそっぽを向いてしまった。

男らも男らだが、リディアさんも従業員としてその態度はどうなんだ……。

でも、この世界のこうした宿屋では普通の光景なのかもしれない。

男たちもそれ以上しつこく迫ることはなく、「ちぇっ、面白くねえ」とか「うまくリディアさんに取り入りやがって」とかぼそぼそ愚痴をこぼしながら出ていった。

「ありがとうございます。ごちそうさまでした。とってもおいしい朝食でした」

「こちらこそ、気づいてくれてありがとう。明日の朝食も楽しみにしていてくれ」

リディアさんは嬉《うれ》しそうに笑ってそう言うと、軽い足取りで鼻歌を歌いながら受付のカウンターへと戻っていった。

朝食を食べ終え、宿屋を出て町を散策していると、昨日レスタで出会った茶色いふわふわ髪の獣人少女に出くわした。

エプロンはまだつけていないが、髪をうしろにまとめ、店の前を掃除している。

「おはようございます。――あっ！　昨日の……ええと、お名前をお聞きしても？」

「おはようございます。アサヒといいます」

「アサヒさん！　私のことはエルルって呼んでください。いいお天気ですね。今日はどちらに行かれるんですか？」

獣人少女――エルルは、掃き掃除をしている手を止めて柔らかな笑みを浮かべた。

宿屋のリディアさんも美人で魅力的だけど、エルルさんはなんというかこう、守ってあげたくなるような、また違った方向に男心をくすぐってくる。

「いやあ、特に決まってなくて。でも、まだウェスタ町のごく一部しか見られてないですし、もう少し町を散策しようかなと」

「そうなんですね。小さな町ですし、旅人さんが楽しめる観光スポットはあまりないですけど……でも楽しんでいただけたら嬉しいです」

エルルさんは獣耳をピコピコと上下に動かしながら、ほんわか笑顔をこちらへ向ける。

そして、「よかったらまたお昼ごはん食べにきてください」と付け加えた。

よし、お昼はレスタで決まりだな！

ウェスタ町は町全体が円形になっていて、中央の広場を中心に、東西南北を分けるように二本の大きな通りが交差している。

ミスレイ雑貨店の店員が言っていた通り、北地区には領主様の屋敷があるようで、大きな門の前には見張りの衛兵が立っていた。

町は、数時間程度でざっくり一通り歩けるくらいの広さで。

十四時ごろには再びレスタ前へ戻ってくることができた。

店内を覗くと、昼の一番忙しい時間帯は過ぎているようで比較的空《す》いていた。

「――あ、アサヒさんいらっしゃいませ！　本当に来てくれたんですね！」

「こんにちは」

俺が席に着くと、エルルさんがメニュー表と水、おしぼりを持ってきてくれた。

エルルさんが一礼して去ったあと、何を食べようかとメニューを見ていると。

「おや、昨日の旅人さんじゃないか」

「――？　あ、あの時の。レスタを薦めてくださってありがとうございます。おかげさまで着いて早々、おいしいごはんにありつけました」

「あっはっは。あんた素直な子だねえ。私はここの女将《おかみ》をやってるランドラだよ。気に入ってくれて何より！」

なるほど⁉　実は自分の店の宣伝だったってことかよ！

くっ……侮れないなこの女将！

まあおいしかったからいいけど！　エルルさんにも会えたし！

俺の背中をバシバシ叩《たた》きながら大笑いする女将ランドラに、何も疑うことなくこの店へ直行した自分が少し恥ずかしくなった。というか痛い！

「もーっ、アサヒさんをいじめちゃダメですよ。大事なお客様なんですからっ」

「いじめてなんてないよ。というか何だいエルル、すっかり仲良しさんじゃないか」

「なっ――そ、そんな私なんか……仲良しだなんて……」

エルルさんは照れているのか、あたふたしている。

耳と尻尾《しっぽ》がせわしなく動いていて面白い。

獣人って耳や尻尾に感情が出るから、嘘《うそ》がつけなそうだよな。可愛い。


お昼はパン、ソーセージとチーズの盛り合わせ、それから燻製肉《くんせい》とキャベツのスープを注文してみることにした。

燻製肉は複数のハーブやスパイスにじっくり漬け込んで作られているようで、その出汁《だし》がキャベツの甘さとともにしっかりスープに行き渡っている。

ひよこ豆もたっぷりと入っていて、ホクホクとした食感がやみつきになりそうだ。おいしい。

「――けど、さすがにおなかいっぱいだな」

まさか何気なく頼んだスープがメイン級だとは思わなかった。

でも残すのも悪いしな。うーん。

そんなことを考えていると、それに気づいたのかエルルさんがこちらへやってきた。

「食べきれない分は、お持ち帰りもできますよ」

「それならお願いできますか？　すみません」

「いえいえ。――そうだ、少し待っていてください！」

エルルさんは、まだ手を付けていないパンが残っている皿を持って、奥へと引っ込んでいった。

そしてしばらくして、紙袋を持って戻ってきた。

「これ、ほかの人には内緒ですよ♡」

「えっ⁉」

袋の中を見ると、サンドイッチが入っていた。

先ほどのパン一枚を半分に切ったものに、焼いた燻製肉とキャベツの酢漬けが挟んである。そしてもう一つ、サイズの小さいパン二枚で同じものをサンドしたものが追加されていた。

「……これ、エルルさんが作ったんですか？」

「はい。まだまだ修行中の身なので、お口に合うかは分かりませんけど……。いらなかったら捨ててください」

自信がないのか、エルルさんは少し赤面し、視線を逸《そ》らしながらそう言った。

――なんかいいな、こういうの。心が温まる。

宿屋にいた男たちも、多分こういう気持ちも含めてうまいと言いたかったんだろうな。

リディアさんは不満そうだったけど！

「ありがとうございます。家宝にします」

「えっ⁉　そ、それよりは食べてくださいっ！　腐ります！」

「あはは、冗談ですよ。おいしくいただきます」

「もうっ！　アサヒさん意地悪ですっ。ふふっ」

エルルさんはわたわたと焦っていたが、冗談だと分かるとおかしそうに笑った。

平和って素晴らしい。

「お金、ちゃんと追加で払いますよ」

「いえそんな！　パンの切れ端もキャベツの酢漬けもまかない用ですし、燻製肉もそんな大した量ではないですから。女将さんの許可も得ています」

「そうですか？　それならお言葉に甘えます。また来ますね」

「はいっ。いつでもお待ちしてます」

もらったサンドイッチの入った紙袋を布袋に入れ、女将さんにもお礼を言い、レジで支払いを済ませて店を出た。

思わぬところで今日の夕飯を手に入れてしまった。ありがたい。

今日の夕飯は、これとスープってところかな。

あとでレスタショップに寄って食材を買い足そう。

――そういや、西地区にもう一軒食品を売ってる店があったな。

たしか食品店「ファーム」とか何とか書いてあったような……。

せっかくだし、こっちも見に行ってみるか。

＊＊＊＊
所持金：475万7000ボックル
ポイント：1万1610ポイント
＊＊＊＊

◇◇◇

町の中央にある広場を突っ切ると、レスタからファームへは比較的近い。

ファームは、農場で採れた農産物や畜産物が売られている店だった。

ここに来る前、【ポータブルハウス】から出て高台からウェスタ町を見下ろした際、西地区の外に農場が広がっているのを見た。

恐らく、そこから店に運ばれてくる仕組みなのだろう。

――すげえ、ここも三階建てで全て店なのか。来てみて正解だった。

時間は十分あるんだし、食事とか買い物とか、そういう日々の生活も楽しみたいよな。

ファームはレスタショップと違い、燻製肉やソーセージなどの加工品はほとんど置いていないようだった。

しかし新鮮な野菜や果物、肉の種類はとても豊富で、牛乳や卵、豆類、小麦粉などと合わせてずらりと並んでいる。

そして全体的に、レスタショップよりも少し安い。

人も多く、店のあちこちから威勢のいい声が聞こえてくる。

中には値段交渉をしている者もいた。

「らっしゃい。見かけない顔だね」

「この町へは来たばかりで……。何かオススメはありますか？」

「そうだな、今の時期だとキャベツや玉ねぎ、セロリ、カブなんかがおすすめだよ。まあこの時期の野菜は大抵どれも柔らかくて瑞々《みずみず》しいから、正直全部おすすめだがな。わっはっは」

山男のような見た目の店員は、そう言って陽気に笑った。

なるほど、ウェスタ町の気候やあちこちで花が咲いている状況からも、今は恐らく春——なのかは分からないがそういう季節なのだろう。

夜はスープでも作ろうかと思っていたし、セロリがあるのは嬉しいな。

カブは漬け物にでもするか。

「——そういえば、トマトは置いてないんですね？」

「ああ、トマトが欲しいならレスタショップだな。あれの旬はもう少し先なんだ」

「なるほど。でもそれなら、なぜレスタショップには置いてあるんです？」

「トマトは領主様の好物でな、北地区内にある農場で、魔法で年中採れる状態にしてあるらしいんだ。で、レスタのオーナーは領主様だから、余剰分があそこに置かれてるってわけなのさ」

レスタって、ここの領主様が経営してる店だったのか！

しかし季節外の野菜を独占販売とは。割とチートだよなそれ。

でもそうか……領主様の……。

レスタは高級店でもなんでもなく、町のみんなが気軽に入れる食堂だった。

それに店員も、みんな楽しそうにのびのびと働いている。

レスタショップも、ここよりは少し割高だがそれでも十分安いし、客を選んでいる様子もない。

これまでの経験から鑑みるに、恐らく領民思いの領主様なのだろう。

「セロリ、カブ三個セット、パセリ、牛乳、卵六個セット、蜂蜜《はちみつ》、オリーブ油、鶏《とり》もも肉300グラム……合計1810ボックルだよ」

「ありがとうございます」

野菜と卵と牛乳が安い！　肉もまあまあ安い。

ちなみにセロリと小さめのカブ（三個セット）、パセリ、牛乳、卵六個セットは全て各100ボックル、蜂蜜が少し高めで590ボックル、オリーブ油が450ボックルで鶏もも肉（300グラム）は270ボックルだった。

質も素人の俺から見たら特に違いはなさそうだし、安いものは次からファームで買うのもありかもしれないな。

――でもせっかくこれだけ良い食材が手に入るのに、作っても一人で食べるだけなんだよな。

【ポータブルハウス】の存在は秘密だし。

まあ、それはそれで楽しいからいいんだけど。

でも、いつか誰かと一緒に食べられるといいな。


町はざっと一通り見て回ったし、食材も買い足した。

それなりに歩き回ったため、今日はもう宿屋に帰って【ポータブルハウス】へインハウスしようかとも思ったが。

「どうせなら、町の外も少し歩いてみるか。ポイントも稼ぎたいしな」

現金《ポックル》が使えないポイントショップでも、欲しいものはけっこうある。

直近のターゲットは、冷蔵庫（3万ポイント）と洗濯機（3万ポイント）と二口ＩＨコンロ（1万8000ポイント）だ。

それぞれもう少し安いものもあるにはあるが、今後使い続けることを考えると、家電はある程度のスペックがほしい。

そういえば、昨日精霊に関するレポートとピザトーストのレシピを送ったあと、ポイントの確認をし忘れていたな。まあでも夜でいいか。

「――ええと、たしか俺がここに来るとき通ったのが、南地区と西地区の間の道だったよな」

なるほど、この道は「南西通り」で、町の出入り口になっている門は「南西門」っていうのか。

分かりやすくて助かる！

俺は本屋ブクスで買った地図を眺めながら、これまで通った道を確認していく。

この南西通りは、中央にある中央広場を抜けたところで「北東通り」という名前に切り替わるようだ。位置的に、北地区と東地区の間になるからだろう。

「――よし、北東通りを通って北東門の先に行ってみよう」

再び中央広場を通り、レスタを横目に北東通りを歩いて北東門を出る。

門を抜けると、その先にはいい意味で何もない、美しい草原が広がっていた。

ところどころに黄色や白色、ピンクなど色とりどりの小さな花が咲き、若々しい緑とともに風でそよそよと揺れている。

ウェスタ町も活気に満ちているいい町だが、こうした自然だけの景色というのも悪くない。というか、俺はかなり好きだ。

暗くなるまでにはまだ時間があるし、少し先まで歩いてみることにした。

「――ん？　あれはもしかして……桜か？」

しばらく歩いてふと視線を遠くにやると、少し先に、淡いピンク色の花を咲かせている木が小さく見えた。

周囲には黄色い花もたくさん咲いている。雰囲気からして菜の花だろうか。

誰かが植えたのか自生しているのかは分からないが、かなり広範囲に及んでいるように見えた。

近づくと、そこは菜の花の絨毯《じゅうたん》と桜の木が密集している不思議なスポットだった。

適度な間隔で十本ほどの桜が生えていて、周囲には桜の花びらが舞い、幻想的ともいえる美しさを醸し出している。

――特別花に興味があるわけじゃないけど、でもこれは綺麗《きれい》だ。

今日はここで晩ごはんってのもありかもな。

こんなスポットがあるなら、レスタショップで酒を買ってくればよかった……。

桜の木の下に腰を下ろし、幹に背中を預けて空を見上げる。

「平和だな……」

こんなゆったりとした時間を過ごすのはいつ以来だろう？

つい最近まで魔王討伐で受けた毒の呪いに苦しんでいたのが嘘みたいだ。

さすが、あの女神がドヤ顔で「ごほうび転生」と言っただけあるかもしれない。

そんなことを考えながらぼんやり空を眺めていると、目の前に一人のいかつい男が現れた。

「――――あ？」

「――――え？」

この男、どこかで見たような……？

「おまえはうちの店にいた不審――いや、旅人の……。オレはミスレイ雑貨店で店員をやってるガラルだ。こんなところで何してるんだ？」

「あー、あの店員さんですか。どうも。俺はアサヒです」

というか、今不審者って言いかけたなこいつ！

やっぱりそう思って声かけたのかよ！

「――そういえばエルルに会ったらしいな」

「えっ？　あ、ああ、まあ。ガラルさんはエルルさんのお知り合いなんですか？」

「家が近くてな」

なるほど、幼馴染《おさななじみ》ってところか？

ガラルさんは「横いいか？」と言いながら俺の隣に座り、桜の幹に背を預ける。

何か用事だろうか……？

「……そうなんですね。エルルさんには、レスタでよくしていただいて」

「ああ、エルルに聞いた。旅をしてるんだってな。長いのか？」

「あー、いや、自分なんてまだまだ。はは」

あまり深く聞かれるのは困るな……。話題を変えたい。

というか、ガラルさんはなぜ店で会っただけの俺にこんな興味津々なんだ？

旅に興味があるのだろうか？

「……が、ガラルさんは、ずっとこのウェスタ町に？」

「ああ、生まれも育ちもウェスタだ。ここは山と森に囲まれた町だからな。相当な実力がなけりゃ遠出は難しい」

ガラルさんはそう言って笑った。

だが、彼の目は遠くを見つめていて、本当は町を出て旅をしたい気持ちもあるのではなかろうか、と思えた。

文明が未発達な世界では、山や森は畏怖《いふ》の対象となることが多い。

それに野獣や野盗など実際の危険性も高く、山を越えるとなると命がけだ。

少なくとも、第二の人生ではそうだった。

こういった事情から、山や森に囲まれた町はそこが一つの国のような存在となることも多い。

遠くへ行けるのは、衛兵や装備を揃《そろ》えられる貴族などの有力者、もしくはそれなりに実力があり、なおかつ安全性よりも自由を取る冒険者や旅人くらいのものだと知った。

「それにオレには弟が二人いる。今あいつらを置いてこの町を出るなんてできねえよ」

「なるほど、家族思いなんですね」

「別にそんなんじゃねえよ。ただ、うちは両親がいないからな。オレがいなくなったら弟たちが路頭に迷っちまう。それだけだ。――でも、諦《あきら》めてるわけじゃねえぞ」

「――え？」

「今は無理だけど、オレはいつか国中を旅して回るって決めてるんだ」

ガラルさんは意思のこもった強い口調でそう言った。

それから、この国のことを話してくれた。

クレセント王国は三日月形の大陸と、月の欠けた部分にあるいくつかの島で構成されていること。

そのうち一番大きな島には、王城と城下町があること。大陸は険しい山脈によって南北が隔てられていること。北の方には、年中雪で覆われている真っ白な大地があること――。

「――まあ、すべて本で読んだ知識でしかねえけどな。でも、いつかこの目で見たいと思ってる。

……おまえは見たことあるのか？」

「いや、まだそこまでは……」

「そうか。まあおまえもオレと同い年か少し年下くらいだもんな。次に行く場所は決めてんのか？」

「次に行く場所か……」

まだこの町どころかこの世界に来たばかりだし、あまり考えていなかったが。

しかし先日フラムに言われた、『北西の森にある精霊の国にも連れてってあげる』という言葉を思い出した。

「まずは西の方に行ってみたいと思ってます」

「……西？　ってことは、あの森を抜けるつもりなのか？」

ガラルさんは、菜の花畑からずっと西に進んだ先に見えている森の方を見て、それからじっと俺の目を見て真剣な表情で言った。

「そうなりますかね。恐らくは」

「森を抜けて、どこまで行くんだ？」

「えっ？　あー、まだそこまでは。でもせっかく行くなら最果てまで行きたいです」

「……そうか。なあアサヒ、おまえ、エルルのことはどう思う？」

え、エルルさん？　いったいなんだ？

「ええと……？　や、優しくて素敵な女性だとは思いますよ」

「そうか」

ガラルさんは聞いておきながら、それだけ言って黙り込んでしまった。

もしかして俺、恋敵か何かだと思われてる？

何か考えているようにも見えるが、正直俺にエルルさんをどうこうしようなんて気持ちはないので、変な敵意だけは抱かないでほしい。

「――あー、でも俺は」

「アサヒ、おまえに頼みがある。もしエルルが望んだら、そのときはエルルを旅に連れていってやってくれねえか？」

「――は⁉」

ガラルさんの言葉は、あまりに予想外なものだった。

エルルさんを俺の旅に……連れていく……？

「……ど、どういうことですか？」

突然連れていってほしいと言われても、俺とエルルさんは出会ったばかりだ。

それに俺はこの世界のことをまだほとんど知らないし、どんな危険があるのかも分からない。

「……あいつの本当の故郷はウェスタ町じゃないんだ。幼い頃――たしか十歳くらいだったか――その頃、両親の仕事でこの町に来た。でもその両親が、仕事中に事故で死んじまったんだ」

ガラルさんによると、エルルさんの両親は何かの研究をしていたらしく、度々ウェスタ町近辺の森へ行っていたという。

だがある日、調査中の事故で帰らぬ人となった。

「エルルが生まれた村は、獣人が暮らすビスマ村ってところでな。ここからだと、深い森か険しい山を越えないとたどり着けない。平民の子ども一人のためにそんな危険を冒せるヤツはいない。だから――」

ガラルさんは、西側に小さく見える森を見つめてそう言った。

エルルさんの故郷は、ウェスタ町の北西にある森を抜けた先の町を越え、さらにもう一つ森を抜けたところにあるらしい。

クレセント王国最西端の村。それがビスマ村だと教えてくれた。

「……だからここで暮らすことになった、ってことですか」

「そういうことだ。でもここは獣人の町じゃない。中にはエルルに差別的な、奇異の目を向けるヤツもいる。それでもあいつはこの町を好きだと言ってくれるが――」

しかし時折あまり人が来ないこの花畑を訪れ、ビスマ村の方角をじっと見つめている、と話してくれた。

菜の花はビスマ村周辺に多く見られる花らしく、ウェスタ町にいる間も、たまにエルルさんの両親が菜の花を使った料理を作っていたらしい。

まだ幼かったエルルさんは、「苦い」と言ってあまり食べなかったそうだが……。

――にしても差別か。

レスタでは特に感じなかったけどな。女将さんとも親しく話してたし。

……でも、そもそも差別をするようなヤツは、レスタに来ないのかもしれないな。

「……少し考えさせてください。それにエルルさんの意向も聞きたいです」

「それはもちろんだ。今すぐ決めろなんて言わねえよ。でも考えてみてくれ」

「分かりました。でもなぜ出会ったばかりの俺なんです？　てっきり俺は、ガラルさんはエルルさんのことを好きなのかと」

俺が悪いヤツかもしれない、とは思わないのだろうか？

ましてや俺は男で、エルルさんは年下の女の子だ。

「いや、オレにとって、エルルは放っておけない妹みたいなもんなんだ。仲は良いし好きだけど、そういう好きじゃねえよ。それにオレの実力では、あの山や森は越えられねえ。そもそも今は弟たちがいるから動けねえしな」

ガラルさんはそう言って笑う。

そのカラッとした言い方から、恐らく本心なのだろう。

「おまえはなんか……悪いことができなそうなヤツに見える。オレの直感だ。エルルも懐いてるみたいだし。まあ店で会ったときは不審者かと思ったがな。それに一人で森を抜けてきたってことは強いんだろ？　そもそもこんな辺境に旅人が来ること自体珍しい。このチャンスを逃したら、次はいつになるか……」

ガラルさんは、どこかでこうしたチャンスが訪れるのを待っていたのかもしれない。

見た目はいかついが、心は優しいいいヤツなんだな。

「――そういうことなら」

「助かるよ。ありがとう。んじゃあ、オレはそろそろ行くわ。何かあったらいつでもミスレイ雑貨店に来てくれ。大抵はいるからよ」

ガラルさんは立ち上がり、俺に背を向けたままヒラヒラと手を振り行ってしまった。

——考えさせてくれとは言ったものの。

この世界での俺がどれほどの強さなのか、現状まったく分かっていない。

そもそも俺は、自力で森や山を越えられるのだろうか？

前世ではそれなりに戦闘訓練も経験も積んできたし、これでも俺は魔王を討伐した当人だ。

でも、だからと言って油断はできない。

——まあどうせ暇だし、いろいろと試してみるか！

◇◇◇

「——誰もいない、よな。よし！」

ガラルさんが去ったあと、俺は購入した食品を整理すべく、いったん【ポータブルハウス】へインハウスすることにした。

【アイテムボックス】内へ入れておいても問題はないかもしれないが、無限に入るわけではないだろうし、万が一のときに備えて十分な容量を確保しておきたい。

目に見える状態の方が、何がどれくらいあるのかも分かりやすいし！

「――食材もそれなりに揃ってきたな。忘れないうちにレポートでも書くか」

俺は今日あったことやウェスタ町の様子、ファームで購入した品や金額などを可能な限り詳細に記していった。

最初は書き慣れなかったレポートも、だんだんコツを掴《つか》んできた気がする。

「――よし、こんなもんか」

例のテンプレメールの返信を待って、Pショップを確認する。

早速ショップでポイントを確認すると、なんと1万5610ポイントになっていた。

「なんかやけに増えてないか？　まあ助かるけど」

どこかにポイントの推移が見られる画面があれば――――お、あった。これか。

ポイントの下に書かれている「詳細を見る」の部分をクリックすると、一覧が表示された。

＊＊＊＊＊
初回特典ポイント……3000ポイント
初日の通常レポート……1000ポイント
布団セットA、お弁当Aの購入……マイナス3790ポイント
ガラスのコップ、箸《はし》の購入……マイナス200ポイント
二日目の通常レポート……3000ポイント
購入品と金額に関するレポート……3000ポイント

食器用洗剤、スポンジの購入……マイナス400ポイント
クーラーボックスの購入……マイナス2000ポイント
精霊に関するレポート……5000ポイント
料理に関するレポート……3000ポイント
三日目の通常レポート……3000ポイント
購入品と金額に関するレポート……1000ポイント

＊＊＊＊

どうやら、昨日提出した精霊と料理に関するレポートの報酬が思ったより良かったようだ。

何でも提出してみるもんだな。

「二口のＩＨコンロはもう少しで買える額か……。でもそれより先に、冷蔵庫と洗濯機の方がほしいんだよな。あと炊飯器とテーブルもほしい。というか、そろそろ洗濯の方法を考えないと……」

資金《ボックル》は潤沢にあるし、下着やＴシャツくらいなら買ってもどうってことはないが、品質がイマイチだし妥協して無駄に使いたくはない。

「第一の人生では当然洗濯機を使ってたし、第二の人生では、そもそも家事というものをまったくしてなかったからな……」

雑用や家事は、すべて使用人や階級の低い兵士たちが担当してくれていた。もしくは専門の店に頼んでいた。

能力の高さや伸び率から魔王を倒すための最重要人物とされていた俺は、屋敷ではもちろん、旅の途中でもその場面を見ることすら許されなかったのだ。

「――いや、待てよ。洗剤は買ってあるわけだし、水魔法で水球を作ってその中に洗濯物を放り込めばどうにか――」

俺は試しに、水の初級魔法で水球を作り、その中に洗濯物と洗濯用洗剤を入れてみた。

水球は壊れることなく、ふよふよと宙に浮き続けている。

だが、水が停滞しているこの状態では洗えない。

もっと水を動かして揉《も》むように――。

洗濯物と洗剤が入った水球を魔力で揉んだり回転させたりと動かしまくり、水球を変えては繰り返すこと三十分。

どうにか汚れも洗剤も綺麗《きれい》に落ち、洗濯が完了した。多分。

「――っ、疲れた。できなくはないけど長時間の集中は大変だし、やっぱり洗濯機は必須《ひっす》だな！」

この世界の人は、どうやって洗濯してるんだろう？

洗濯機らしきものが売っている店は見てないし、手洗いが主流なのだろうか？

町を回っている間に、何軒か庭に洗濯物を干している家は見掛けたが。

洗っているところを目撃することはできなかった。

俺はＰショップでハンガー五本セット（１５０ポイント）を購入し、洗った洗濯物をカーテンレールに引っかけて乾かすことにした。

「──ん？　あれ？」

そしてそこで気がついた。

この部屋に最初に来たとき窓際にあった、あの謎の結界が消えていた。

「──外が見られるようになってる？」

恐る恐るカーテンを開けると、少し薄暗くなってはいるが、窓の外にはさっきまでいた菜の花畑と桜が見えた。

どんな原理なのかはまったく分からないが、外からは見えなくても、こちらから外の様子を確認することはできるらしい。

──そうか、なるほど！

つまりあれだな、【地図帳】といい【ポータブルハウス】のあの結界といい、旅人なんだから旅人らしく、自分の目で見て世界を知れってことか？

最初に結界に気づいたときは、まだ【ポータブルハウス】を出る前だった。

そのあと俺が外の世界を認知したことで、マップが広がるように外の世界と繋《つな》がることができた、ということなのかもしれない。

何にせよ、外の様子が分かるというのは非常に助かる。

「にしても、もういい時間だな。そろそろスープを作るか。エルルさんにもらったサンドイッチに合いそうなものにしよう。でもその前に──」

俺はＰショップで炊飯器（９０００ポイント）、それからテーブルセット（５５００ポイント）

と置き時計（３００ポイント）を購入することにした。

再びポイントが枯渇状態になってしまうが、まあ必要なものだし仕方がない。

時計はショップ内の説明いわく、自動で時間が合わせられるシステムらしく。

今は十七時四十五分を指している。とても便利だ。

俺は届いたテーブルセットを組み立て、炊飯器をキッチンに置いた。

炊飯器はこの世界に来て初めての家電製品だ。嬉《うれ》しい。

プラグをキッチン側にあったコンセントに差し込むと、黒かった画面に時計と文字が表示された。

どうやら操作はタッチパネル形式らしい。

「やっぱりテーブルと椅子があると、一気にちゃんとした部屋っぽくなるな。あと炊飯器も。まさか炊飯器を見て、こんなに感慨深い気持ちになる日が来るとは夢にも思わなかった」

文明の利器が手に入ったことだし、これで料理がだいぶラクになる。

ふっふっふ。

俺は知っているぞ。炊飯器が万能調理家電だということを！

早速、玉ねぎとキャベツ、セロリ、それから昨日使ったトマトの残り半分を適当に切って、炊飯器の内釜《うちがま》に放り込む。

せっかくなのでソーセージも薄めに切って入れることにした。

さらに水と塩コショウを加えてスイッチを入れる。

あとは一時間ほど待てば完成だ。

先ほどまで薄暗い程度だった外は、もうすっかり暗くなっている。

「――そういえばカーテンを開けてる間って、外から見たらどうなってるんだ？　まさか部屋の中が丸見えなんてことはないよな？」

俺はふと不安になり、いったん外に出て確認してみることにした。

この【ポータブルハウス】がどれほどのレアアイテムなのかは分からないが、今のところ恐らく一般的ではなさそうだし、変な目立ち方はしたくない。

第三の人生は、目立たずのんびり自由に生きると決めているのだ。……が。

「え……!?」

「あ――」

――そう、決めていたのだが。

外に出ようとドアを開けると、なんと目の前にエルルさんがいた。

ちょうど出たタイミングだったため、【ポータブルハウス】の中が丸見えだ。

エルルさんは突然現れた俺に面食らったような顔をしている。当然だろう。

「あ、アサヒさん!?　あの……これはどういう……？　こんなところにおうち、ありましたっけ？

いえ、それ以前にアサヒさんは旅人さんなんですよね？」

エルルさんは【ポータブルハウス】の存在に気づき、俺の背後にある部屋を見てぽかんとしている。

そこには扉があって、家の中も部屋もはっきりと見えている。

だが、そこにたしかにあるはずの家が外からは見えない。存在しない。

こんな奇妙な光景、どう考えても怪奇現象だ。

「ええと……これは携帯用の家、と言いますか……。と、とりあえず中へどうぞ？」

「え、あ、はい。お邪魔します……？」

しまった、焦ってうっかり中へ招き入れてしまった……。

そしてエルルさんも入るのかよ！

さてはこの子も混乱してるな⁉


「…………」

「…………」

き、気まずい……。

いったい俺は、なぜこの子を中に入れてしまったのか。

エルルさんも同じ気持ちなのか、落ち着かない様子で犬耳をピクピクさせている。

「あー、えっと……お茶でも出しますね！　座っててください」

「あっ……わ……すみません、突然お邪魔しちゃって……」

「いえ、こちらこそすみません。――な、何かしようとか、そういう変な気は一切ないので！」

「それはもちろん！　アサヒさんがそんな人じゃないのは、見ていたら何となく分かります！」

俺は布団を敷きっぱなしで、かつ洗濯物も干しっぱなしだったことに気づき、慌てて片付けながらそう返す。

まさか【ポータブルハウス】に女性を招くことになるとは思いもしなかったため、タオルやら何やらもPショップの箱に突っ込んで放置したままだった。

こんなことなら、棚か何かを調達して片付けておくべきだった……。

テーブルセットに椅子が二脚ついていたことがせめてもの救いだ。

——服、どうしよう。

まだ干したばっかりで濡《ぬ》れてるんだよな。とりあえず風呂場《ふろば》にでも突っ込んでおいて、あとでまた洗い直すか……。はあ。

そう思っていたが。

「……あの、よければ乾かしましょうか？」

「えっ？」

「あっ、す、すみません突然！　困っている様子だったので……。私、風の初級魔法なら使えます。——でも見られたくないですよね。ごめんなさい！」

エルルさんは真っ赤になってあたふたしている。

そうか、風の魔法もあった方がいいかもしれないな。洗濯がラクになりそうだし。

明日にでもあの魔法書コーナーに買いにいこう。

「……なら、お願いしてもいいですか？　助かります」

「はいっ！　あっ、ハンガーを外して、机の上に置いてください」

「分かりました」

エルルさんはほっとした様子で表情を緩め、俺が洗濯物を机に置くと手をかざした。

すると洗濯物がふわっと舞い上がり、くるくると回転し始める。

その勢いは次第に増し、まるで小さな竜巻のようになった。

室内でこれだけの風が吹いているのに周囲に影響がないのは、やはり「魔法」だからだろうか。不思議だ。

「――これで大丈夫だと思います」

数分後、濡れていた洗濯物はふわっふわに乾いていた。

柔軟剤を使ったわけでもないのにすごい。

このままPショップの箱に突っ込むのが申し訳ないくらいだ。

やっぱり棚を買っておくんだった。

「ありがとうございます。助かりました」

俺はせっかくのふわふわ具合がなくならないよう、乾いた洗濯物をそっと箱の上に載せる。

と、そこで、炊飯器がメロディを奏で始めた。スープが完成したのだ。

突然の音に、エルルさんは一瞬ビクッと身を縮こまらせ、耳をペタッと寝かせて警戒しながらキョロキョロと様子を窺《うかが》っている。

「な、何の音楽でしょう？　不思議な音ですね……」

「大丈夫ですよ、料理が完成した合図です。今、スープを作っているところだったんです。エルルさん、夕飯はもう食べましたか？」

「合図……。い、いえ……。でもそういえばいい匂いがしますね……」

理解の範囲を超えていたのか、エルルさんは腑《ふ》に落ちない様子だったが。

スープの匂いで少し緊張を緩めたようだ。

「せっかくなら食べていきませんか？　簡単なものですけど」

「えっ！　いいんですか？」

さっきまで下がっていた耳がピンッと上を向き、ふわふわもふもふの尻尾《しっぽ》が左右に揺れ始める。

可愛い。

「もちろん。――あ、でもサンドイッチが……。少し待っててください」

さすがに、俺の食べ残しが交ざっているサンドイッチを出すわけにはいかない。

――でもこうして家事をしたり手伝ってもらったりしていると、ちょっと夫婦みたいだな。

まあエルルさんにはそんなこと口が裂けても言えないし、第一の人生でも第二の人生でも結婚なんてしたことないんですけど！

「あんまり待たせるのも悪いし、またピザトーストでも作るか！」

キッチンへ行き、昨日スライスしておいたパンに薄く切ったソーセージと玉ねぎ、それからチーズを載せ、昨日と同様フライパンと火魔法を使ってこんがり焼き上げた。

トマトを買い足しておけばよかったと後悔したが、ないものは仕方がない。

最後に今日買ってきたパセリを刻んで載せると、それなりにいい感じの見た目になった。

これで良しとしよう。

——そういやコップが一つしかないな。

俺は追加でガラスのコップ（100ポイント）、ランチョンマット二枚（100ポイント×2）、クッション一つ（300ポイント）を購入した。

クッションは一つしか買えないが、まあ今はエルルさんの分があれば問題ない。

早速、残金《ポイント》が枯渇したか。残り60ポイント……。

レポート作成頑張ろう。

「エルルさんは、スープとこちらのピザトーストをどうぞ。簡単なものですみません。俺は昼にエルルさんにもらったのをいただきますね。あとこれ使ってください」

「わあ！　ありがとうございます。おいしそう！　クッション、私が使っちゃっていいんですか？　ふかふかで肌触りも良くて、とっても気持ちいいですね」

エルルさんは受け取ったクッションをぎゅっと抱きしめ、気持ちよさそうに顔を綻《ほころ》ばせる。可愛い。そしてクッションが似合う！

ちなみにノートパソコンの操作は、ドアを閉めてキッチン側で行った。

幸いなことに箱もキッチン側へ届いてくれたため、その瞬間はエルルさんには見られていない。

「それはよかったです。食材は、ほとんどレスタショップで買ったものですけどね」

「ふふ、たくさんのご利用ありがとうございます♡」

エルルさんは、悪戯《いたずら》っ子のような顔つきで笑ってそう言った。

どちらかというとふんわりした癒し系のエルルさんに突然こんな顔で見つめられると、思わずドキッとしてしまう。

まったく、人生三度目だというのに俺というヤツは！

「それじゃあ、冷めないうちに食べましょうか」

「はいっ。では、フィーナ様に感謝を」

――――えっ⁉

エルルさんは手を合わせて目を閉じ、そう言った。

恐らくこの国でいう「いただきます」のようなものなのだろうが。

そんなことより！

フィーナって、あの女神のことか……？

フィーナが信仰されている⁉

「――――！　おいしいっ！」

「あ、ああ、それはよかった。エルルさんにいただいたこのサンドイッチもおいしいです。キャベツの酸味と燻製《くんせい》肉の塩気のバランスが絶妙ですね」

「本当ですか？　よかったー！　お口に合ったようで嬉しいです」

エルルさんは心底ほっとしたようで、ふわっと表情を溶かす。

フィーナの件は、またいつか聞けばいいか。今じゃないな、うん。

とりあえず今は、この二人での食事を楽しもう。

「スープもパンも、とってもおいしかったです！　これ、ピザトーストって言うんですね？　私、パンで作ったピザって初めて食べました！」

「そうなんですか？　昔、よく食べていて……」

どうやらウェスタ町には、「ピザ」はあっても「ピザトースト」はないらしい。

適当に具材載っけて焼くだけでうまいから、けっこう便利なんだけどな。

生地を作る手間も時間もかからないし！

ピザトーストは、昔ブラック企業に勤めていたとき作っていた。主に休日に。

まあデスマ中は疲労困憊《こんぱい》でそれすら不可能だったけど！

だから俺にとってこれは、「(ちょっとだけ) 余裕がある日のごはん」という思い出の味なのだ。

「……じゃあこれは、アサヒさんの故郷の味ってことなんですね！　ふふ、なんか嬉《うれ》しいです♪

……私も故郷の味、もっとちゃんと味わっておけばよかったな」

エルルさんは少し寂しそうに笑った。

昼間に雑貨屋のガラルさんが言っていた、菜の花料理のことだろうか？

まだ幼さの残る彼女に、もう両親はいない。

その事実を思い出し、胸が締め付けられる気がした。

「……エルルさんの故郷は、ビスマ村という場所なんですよね？」

「えっ？」

「すみません、さっきたまたまガラルさんと会って……その……」

「そっか、ガラルさんから聞いたんですね。はい、そうなんです。私は見ての通り獣人で、獣人の村で生まれ育ちました」

エルルさんは、ぽつぽつと自分がここへ来た経緯を話してくれた。

エルルさんの両親が事故で亡くなったのは、三年ほど前、彼女が十二歳になったばかりの頃だったらしい。

「それから、ずっと一人で？」

「はい。両親のお金があったので、しばらくはそれで。ガラルさんも、ご自身だって弟さんが二人いて大変なのに良くしてくださって……。それを知ったランドラさんが――あ、レスタの女将さんのことなんですけど――彼女がうちで働かないかって声を掛けてくれたんです。そこから、レスタで働き始めました」

十二歳で町に一人取り残されるなんて、しかも帰る術もないなんて、どれだけ心細かっただろう？

それなのに、こんなに真《ま》っ直《す》ぐないい子に育って……。

「ビスマ村に、誰か親族はいるんですか？」

「おじいちゃんとおばあちゃん、あと親戚《しんせき》がいます。五年前と変わっていなければ、ですけど」

――なるほど、それで度々ビスマ村の方を見てたってことか。

親族がいるなら、そりゃあ本心では帰りたいと思うのが普通だろう。

「――ってごめんなさい！　私、会って間もない人にこんな話。困りますよね」

「いや、話してくれて嬉しいですよ。ありがとうございます」

「ビスマ村にいるみんなが気にならないって言ったら嘘になりますけど、ガラルさんもランドラさんもとっても良くしてくださいますし、私この町も嫌いじゃないんですよ！」

喋《しゃべ》りすぎたと思ったのか、エルルさんは慌てた様子で、急に明るい声でそう付け足した。

それはそれで、恐らく本心なのだろう。でも――。

「――そうですか。俺もこの町へは来たばかりですが、好きですよ。食べ物もおいしいし、活気もあるし、景色も綺麗《きれい》ですしね」

「えへへ、アサヒさんに気に入ってもらえて私も嬉しいです」

本当にいい子だな……。

でも今は、エルルさんの柔らかな笑顔に胸が痛む。

ガラルさんが、どうにかしてやりたいって俺を頼った気持ちも分かる。

「――エルルさん。何か俺にできることがあれば、遠慮なく言ってくださいね」

「えっ？」

しまった、唐突すぎて変な人みたいになってしまったかもしれない。

「俺は一ヶ月くらいここに滞在して、その後は西へ向かう予定です」

「…………」

エルルさんは驚いた顔をしたが、それからしばらく、真剣に何か考え込んでいた。

第二章　故郷の味とエルルの思い

今日は森に行って、どんな様子か調査だな。

エルルさんと夕食をともにしながら話をした翌朝、宿屋エスリープで朝食（俺だけリディアさん特製クッキー付き）を食べながら、俺は今後のことを考えていた。

ちなみにエルルさんは、昨日の夜にちゃんと家の近くまで送り届けている。決して家に泊まらせたりはしていないぞ。うん。

――そういえば、俺も路銀を稼ぐ手段くらいは持っておきたいな。

今すぐ依頼を受けたいわけではないが、資金も無限じゃない。

旅の途中でこなせる依頼があれば、ついでにやっておいて損はないだろう。

森が畏怖《いふ》の対象なら、いい素材が手に入ればそれなりに金になるかもしれない。

朝食を済ませたあと、俺はウェスタ町の中央広場近くにある冒険者ギルド「ブレイブ」まで足を運ぶことにした。

レンガ造りのしっかりとした建物は三階建てで、多くの人が出入りしている。

中へ入ると、仕事を斡旋《あっせん》している受付や依頼が張り出されている掲示板、それからギルド会員の交流の場にもなっている酒場が広がっていた。

まだ午前中だというのに、既に酒を飲んで騒いでいる人もいる。

――こういう感じ、懐かしいな。そして新鮮でもある。

前世では曲がりなりにも貴族で、しかも魔王討伐を期待されていたため、周囲にはいつも使用人や護衛の兵士が付き添っていた。

だから酒場には多くの冒険者がいたにもかかわらず、そこにいる人々と交流することはほとんどできなかったのだ。

だが今の俺は一人で、貴族でも何でもなくて、魔王討伐などの重い責務があるわけでもない。

ただの平民で、ただの旅人だ。

……自由っていいな。

ここで依頼を受けるも受けないも、俺の自由なんだ。

仕事を選ぶ権利もあるし、誰も俺に期待なんてしていない。心が軽い。

「いらっしゃいませ。見かけない顔ですね。新規の方でしょうか?」

「ええ。まずは登録だけでも、と思いまして」

「かしこまりました。身分証のご提示をお願いします」

受付の女性は俺から身分証を受け取ると、その内容に目を走らせる。

身分証には相変わらずモザイクがかかっているが、それについて突っ込まれることはなかった。

「ご提示ありがとうございます。問題ありません。旅人さんなんですね。ウェスタ町へはいつまで滞在される予定ですか？」

「今のところは一ヶ月ほどの予定です。――それにしても、ここは人が多いですね。冒険者や旅人って多いんですか？」

町の人の反応から、この町に冒険者や旅人が訪れることは少ないと思っていたが。

ギルド内は想像以上に活気づいていた。

「まさか！　うちは一応冒険者ギルドですし、そうした方々も利用されますが、実際はほとんど何でも屋なんです。町の人たちもよくお小遣い稼ぎに使ってるんですよ」

受付の女性はおかしそうに笑った。

話によると、店や畑仕事の手伝いや庭の手入れ、町内の清掃、イベントの設営係やスタッフ、町の近辺での薬草採取など、簡単な依頼がほとんどらしい。

この世界の冒険者ギルドってそういう感じなのか！

「依頼のほかにも、治安維持に関する成果報告や素材の買い取りも受け付けております。分からないことがあれば、何でもおっしゃってくださいね」

「ありがとうございます。ギルドは各地にあるんですか？」

「ええ。仕事がほしいときは寄ってみてください。これが冒険者ギルドの登録証です」

女性はそう言って、身分証と同じサイズのカードを渡してくれた。

カードには、「冒険者ギルド《ブレイブ》登録証」と書かれている。

表には名前などの個人情報とランクが明記されており、裏は空白になっているようだ。

ちなみに、ランクは「E」と記されていた。

「ありがとうございます。また来ます」


――森へ行くにしても、まずは準備が必要だよな。

俺はまず、ブクスの魔法書コーナーへ向かうことにした。

昨日エルルさんが使っていた、風の初級魔法を使えるようにするためだ。

前回同様に身分証を提示して中へ入り、『風魔法①～初級～』と書かれた魔法書を探して、会計を済ませるためレジへと向かう。

受付にいるのは、前回と同じ紫色の髪をした女性だ。

切れ長の瞳《ひとみ》がミステリアスで、思わずじっと見てしまいそうになる。

じっと――あれ、なんか見られてるのはこっちのような？

「……あの、お客様。先日、火、水、氷、光の初級魔法をご購入されましたよね？」

「え？　はい」

「……魔法書の転売は法律で禁じられているとご存じですか？」

レジの女性は、切りそろえられた紫色の髪の下から眼光鋭くこちらを見ている。

明らかに俺を疑っている目だ。でも。

――転売？

知らなかったけど、べつに転売なんてしてないぞ？

「転売はしてませんよ。すべて自分で使ってます」

「……それですと、おひとりで五属性お持ちということになりますけど。本気で言ってます？　五属性持ちなんて、王宮魔法師でも三人しか知りません」

あ――。し、しまった。

そうか。全属性持ちなのは、前世の功績を考慮した女神からの特典なんだっけ？

「えーっと……」

どうしよう？

前回の会計時に怪訝《けげん》な顔をされたのはそういうことか。

転売疑惑をかけられるのは困るし、今さらやっぱり持ってませんとは言えない。

王宮魔法師に三人いるということは、存在しないってわけでもないんだよな？

「――でも本当なんですよ。何なら、実際に魔法を使って見せますが」

「……そうですか。かしこまりました」

紫髪の女性は、魔法書コーナー内にほかのお客さんがいないのを確認し、入口のドアに「ＣＬＯＳＥＤ」と書かれた札をかけて鍵《かぎ》を閉めた。

そしてレジの奥の扉を開けて、中へ入るよう促す。

扉の先は、壁一面が本棚になっている狭い部屋になっていた。

端の方に置かれた大きめの机にも、大量の本や紙の束が積まれている。

恐らく彼女の仕事用の部屋か何かなのだろう。

「失礼します……」

「もしお客様のお話が嘘《うそ》だった場合、衛兵に連絡させていただきますので」

「分かりました。でも、本当だったら『風魔法①～初級～』を売ってくださいね」

「それはもちろんです。――では失礼します。プロテクション！」

女性が手を前へかざしてそう唱えると、白く輝く魔法陣のようなものが現れ、部屋全体が薄い膜に覆われたのを感じた。

「念のために、強めの結界を張らせていただきました。この部屋には大事なものがたくさんありますので」

「問題ありませんよ。属性の有無が分かればいいんですよね？」

「はい。ちなみに、私はこれでも魔法書取り扱いの資格を得てここにいる魔法師です。不正はできませんよ」

めっちゃ疑われてる！

まあ、俺ももうちょっと配慮するべきだったな……。はあ。

「――ではいきますよ」

俺は火、水、氷、光の塊を出現させ、宙に並べる。

そういえば、光の回復効果はどうやって確かめるのだろう？

「あの、これ、回復効果はどうやって」

「……う、嘘。四つの異なる属性の魔法を同時に扱えるなんて、しかもこんなに安定させられるなんて聞いたことない」

女性はただただ呆然《ぼうぜん》と、宙に浮かんでいる四つの塊を見つめている。

同時に扱っても特に問題はなさそうだったからやってみたが、まずかったのかもしれない。

でも、これで――。

「えっと……俺のこと、信じてくれました？」

「疑って大変申し訳ありませんでした。まさかこんな辺境の地で、こんなにも素晴らしい力をお持ちの方と出会えるなんて……っ！　ふ、ふふふふふ」

気がつくと、女性は頬を紅潮させ、興奮した様子で怪しい笑みを浮かべていた。

瞳の奥にハートが見えそうな高ぶりようで、心なしか呼吸も荒い。

いやいやいやいやいや！　待って！

この店員、こんな感じだっけ！？！？

「あ、あの……？」

「――はっ！　大変失礼いたしました。このような素晴らしい魔法師様を疑ってしまうなど……どうかお許しくださいませ」

紫髪の彼女は、唐突に俺の足元に正座をして深々と頭を下げた。

魔法書コーナーに相応《ふさわ》しいクール系美少女（見た目から察するに、十七歳～十八歳くらいか？）だと思っていたのに、その印象が一気に崩れ去る。

崩れ去るというより、もはやハンマーか何かで強制的に打ち崩されたくらいの衝撃だ。

「そんな、頭を上げてください。分かっていただければそれでいいですから！」

そもそも、こんな人並み外れた力を持ちながらそれを不用意に明かした俺が悪かったのだ。疑われても仕方がない。

そう思い、慌てて土下座をやめるよう促したのだが。

「たった二属性しか使えないザコの分際でこのような無礼……な、なんなら、踏みつけて罵《ののし》ってくださってもよいのですよ。ええ、むしろお願いします！　そしてぜひ！　ぜひわたくしめを弟子にしてください！　下僕でもいいです！」

女性はハァハァと呼吸を荒らげ、足元で正座をしたまま目にハートを浮かべて上目遣いにこちらを見上げる。怖い！

「と、とにかく俺は、魔法書が買えればそれでいいですから！」

「そんなこと言わずにどうか……！　ああ、でもそのクールな対応も素敵です！　さすがは四属性……いいえ、五属性持ちの実力者！」

「いや本当にそういうのいいんで！　弟子も下僕もいりません！」

「くっ……！　そうですか……。あなた様がそうおっしゃるのなら仕方がありません……」

彼女は名残惜しそうに立ち上がり、埃《ほこり》を払って結界を解く。

そして扉を開け、部屋から出るよう促した。

――た、助かった。

まったく。第二の人生でも魔法師には変わったヤツが多かったけど、まさかこの子がこんな本性を隠していたとは……。

次からは気をつけないと。

「お買い上げありがとうございます。ぜひ、ぜひまたお越しくださいませ。――あ、わたくしめはヒスティと申します。あなた様の下僕になれる日を心よりお待ちしております」

「は、はあ……」

そんな日は一生来ないけどな！

俺は購入した『風魔法①～初級～』（2万ボックル）を受け取り、足早にその場を去った。


「――っ、疲れた。まだ昼前なのに、既に一日分の気力を消耗した気がする」

しかし、今日はこれからやりたいことが盛りだくさんだ。

そうぼんやりもしていられない。

ブクスを出た俺は、武器と防具の店「アーム」と「マーシー薬局」、それからレスタショップを回り、下準備を整えて北西門を出た。

北西門の先には、いくつもの農家と農場エリアが広がっている。

が、お昼時であるためか人の気配はない。

――そういえば、あの女神にもらった【地図帳】はどうなったんだろう？

少しは何か追加されただろうか……。

俺は気になって立ち止まり、周囲に人がいないことを確認してからステータス画面を開いた。

アイテム欄にある【地図帳】を開くと、現在地を記す赤い点のほか、俺が最初にいた場所からウェスタ町への道、農場、菜の花畑などが記されていた。

やはり、俺が歩くことによって地図の表示範囲が拡張されていく仕組みらしい。

「へえ、拡大や縮小もできるのか。これはたしかに便利だな」

拡大すると、ウェスタ町内の店一軒一軒の看板まではっきりと見える。

そして最初にいた丘の上、ウェスタ町の入り口、菜の花畑がある位置に、黄色い小さなひし形も表示されていた。

これは――何だ？

試しに菜の花畑に表示された黄色いひし形をタップすると。

画面上に文字が表示された。

＊＊＊＊
この場所に転移しますか？

《はい》《いいえ》
＊＊＊＊

どうやらこの【地図帳】には、転移機能が備わっているらしい。

――これはすごいな。

この文明レベルの中で転移機能つきって、だいぶチートじゃねえか。

ブクスで見た魔法書も、転移魔法は最低ランクで500万ボックルだったぞ。

画面に表示されている《はい》をタップすると、足下に魔法陣が展開され——たかと思ったら、次の瞬間には菜の花畑に立っていた。

転移酔いや頭痛などの不調も一切ない。さすがは女神がくれたレアアイテムだ。

「ここなら人もいないし、ちょうどいいな」

俺は風の初級魔法を覚えるため『風魔法①〜初級〜』に手をかざした。

そして前回同様、そっと魔力を送りこむ。

魔法書自体はただの市販品だし、人に見られて困ることはないが。

『わあ……お強そうな人間さんです……』

問題はこの、魔法を取得する際に現れる精霊だ。

精霊は俺以外の人間には見えないため、万が一精霊との会話を見られれば、一人で喋《しゃべ》っている不審者だと思われてしまう。

「ありがとう。そして初めまして」

『ひえっ⁉　えっ？　……えっ？』

「すまんな、俺には精霊が見えるみたいなんだ」

ゆるふわにウェーブがかった薄きみどり色の髪と瞳をした少女は、困惑したようにきょろきょろと周囲を見回していたが。

俺の言葉で自分に向けられていると分かると、びくっと肩を震わせた。

どうやら、ほかの精霊たちに比べて臆病《おくびょう》な性格らしい。

「大丈夫、何もしないよ。契約してくれてありがとな。俺はアサヒだ」

『わ、私はウィンです……。すみません、私の姿が見える人間さんに出会ったのは初めてで……びっくりして……』

「いやいや、こっちこそ驚かせてごめん。これからよろしくな、ウィン」

『こ、こちらこそです……』

ウィンはおどおどした様子で、本当に俺を信じていいものかと決めあぐねているようだった。

が、そこに水、氷、火、光の精霊たちが姿を現す。

四体は、そこにウィンがいることに気づいて目を輝かせる。

『まあ！　新しい仲間が増えましたのね！』

『なるほど、風精霊か。キミ、名前は？』

『――え。ええと、ウィンと申します……』

『ウィンね！　アサヒに姿を見られちゃったもの同士、これからよろしくね♪』

勝手に目の前に現れておいて、人聞きが悪い言い方するな！

いやまあ、予想外ではあったんだろうけどさ。

『うふふ、アサヒったらこんなにたくさんの精霊を味方につけちゃって。人間としては最強なんじゃないかしら～？』

『こんなにたくさんの契約を……？　えっと、人間ってこんなこと可能な種族でしたっけ……。あっ、よ、よろしくお願いしますっ！』

四体の精霊の登場で、周囲は一気に騒がしくなった。

だが、既に俺と交流を深めている同士がいると知ったためか、ウィンは慌てながらも心なしか少しほっとしている。

先にほかの精霊に出会っておいてよかった……。

『――それでアサヒ、今日はこれから何をするの？』

「ああ、今日は少し、北西の森の様子を見ておこうかと思ってな。それと、探索がてら薬草採取でもしようかと。ギルドとの関係も構築しておきたいし」

森の規模によっては途中で野宿になるかもしれないが、【ポータブルハウス】があれば寝る場所の心配はしなくて済む。

どこにいてもいつでもインハウスできる【ポータブルハウス】は、旅をする上では本当にありがたい存在だ。

一人でテントを張っての野宿となると、野獣や魔獣、野盗に襲われる可能性があるし、安心してぐっすり眠るなんてできないからな。

『薬草採取？　それならぴったりの場所がありますわ。この森には、妖精《ようせい》の国へ繋《つな》がる道があるんですのよ』

『ああっ、アクアずるい！　それあたしが案内しようと思ってたのにーっ！』

アクアの言葉に、フラムが悔しそうに口を尖《とが》らせる。

「あー、それなら案内してもらえるか？」

森の中は何が起こるか分からないし、精霊たちがついていてくれるのは俺としても心強い。

『わたくしたちに任せておけば、何も問題ありませんわ』

『うふふ、アクア嬉《うれ》しそうね～』

『そうと決まれば早速向かうわよ！　人間とおでかけなんてあたし初めて！　ワクワクするわ！』

精霊たちは、嬉しそうに俺の周囲をヒュンヒュン回っている。

この状況にもだいぶ慣れてきたな！

——そういえば、一度行った場所には【地図帳】を使って転移で行けるんだよな。

だったら俺が一度ビスマ村へ行けば、徒歩で連れていくより安全にエルルさんを送り届けられるのでは？

まあ詳細なポイントは指定できないけど。でも、とりあえず森さえ抜ければいいわけだし！


森の中は思った以上に木々が密集しており、葉の密度も濃く薄暗かった。

そして地面には、背の低い植物や苔《こけ》がびっしりと生えている。

おまけに、土から飛び出た木の根っこや大きな岩も多く、とにかく足場が悪い。

だが、「アサヒ」の体は思った以上に軽くて動きも良く、前世で培った感覚も相まって案外サクサク進むことができた。

『アサヒすごーい！　人間ってもっと運動神経ぽんこつな種族だと思ってた！　あはは』

「おい言い方！　まあ、前世ではこういう道も嫌というほど通ったからな。でもそれにしたってけっこうな歩きづらさだな……」

いくら森が畏怖《いふ》の対象で行き来が少ないとは言っても、たまに冒険者や旅人、行商人が通ることくらいあるはずだ。

それなのに、不思議なぐらいに人が通った形跡がない。

『この森にはね、精霊の世界に繋がる大樹があるの。だから植物が強い力を持っていて、あっという間に人が通った道を消しちゃうんだー。だから普通の人間は、簡単に森から出られなくなっちゃうの。ドロップスの数も多いしね！』

『毎年、森では何人もの人間が迷いのエリアへ誘《いざな》われたり、ドロップスに戦いを挑んで命を落としたりしているよ』

「……うん？　ドロップス？」

ってなんだ？

この国特有の魔物か何かだろうか？

というか、そんな恐ろしい何かがいるなら先に言ってほしい！

『ドロップスは、人間の言葉でいうなら神獣だよ』

「――え。し、神獣？」

アイスによると、ドロップスというのは「神の雫《しずく》」という意味を持つ神獣全般を指すらしい。

それは人間や魔物から精霊と森を守るため、神によって創られた存在だと教えてくれた。

『森は、よくも悪くも大きな力を持っているんだ。特にこの森はね。だからボクたち精霊やドロップスの管理が行き届いていないと、すぐに魔物の巣窟《そうくつ》になってしまう』

『つまり、ドロップスは森の管理者ということですわ。でも、ドロップスの生態についてはわたくしたちにもよく分かりませんの。共存はしているけれど、特別交わることはない存在――と言えば分かるかしら』

「な、なるほど……？」

まあ人間の好きにさせて、精霊たちの大切な場所が奪われたら困るだろうしな。

ドロップスは森を「危険な場所」だと認識させることで人間を遠ざけ、人間は森を恐ろしい場所だと思って安易に近寄らない。

だからこそ、このクレセント王国の平和が守られているのだろう。多分。

――でもそれなら。

人間である俺が、「ギルドとの関係を構築したいから」なんて理由で森の特別な薬草を採るのは違う気がする。

今後のことを考えると、そうした脅威（？）とは良好な関係を保っておきたいし。

「――やっぱり、今日は薬草を採るのはやめておくよ。俺が持ち込んだ薬草で、人間が必要以上に森に近づくようになったら困るだろ？」

『ええっ？　でも、採取場所や節度を守れば問題ありませんのよ？　森は、精霊やドロップスだけが独占していいものではないもの』

「人間の中には欲深いヤツもいる。それが金になると分かれば、独占しようと悪だくみをするかもしれない。俺は、不要な争いは生みたくないんだ」

正直、そういう奪い合いの戦いはもううんざりだった。

あれはとても疲れるものだ。体はもちろん、心も激しく疲弊する。

「――その代わりと言ってはなんだけど、君たちに頼みがある。今後も、俺の旅に付き合ってくれないか？」

『……アサヒは本当に欲のない人間ですわね。まあそこも魅力ですけど！』

アクアはふう、とため息をつく。

欲――か。

第一の人生ではブラック企業で使い潰《つぶ》されていたし、地位や名声、金を欲する気持ちもそれなりにあったけど。

でもなんか、第二の人生の半ばくらいで使い果たしちゃったんだよな。

何だかんだで、俺は平凡にのらりくらりと生きる方が向いていると思う。

『分かりましたわ。なら、旅のお役に立てるよう力を貸すと約束しましょう』

『アクア抜け駆けずるーい！　あたしだって力くらいいくらでも貸すよ！』

「お、おう。ドロップスとやらの怒りを買わない範囲でお願いします……」

アクアとフラムの言葉に、そして俺の言葉に、ほかの精霊たちもうんうんと頷《うなず》いてくれた。

『――でもアサヒ、あの獣人の女の子は連れていかなくていいの？』

「えっ？　ああ、エルルさんのことか。フラム会ったことあったっけ？」

『ふっふっふ、あたし見ちゃったんだよねー！　アサヒがその子を口説いてるところ♪』

「はああ⁉」

フラムは両頬に手を当てて、うっとりしたりニヤニヤしたりしながら俺の周囲をヒュンヒュンと飛び回る。

いったい何を見てそうなったんだ！

『だって「俺は一ヶ月くらいここに滞在して、その後は西へ向かう予定です」って、それってだから一緒に行きませんか？　ってことでしょ？』

「いや、それは……そうなんだけど！　でもそうじゃねえええええええ！」

というか、あの場には俺とエルルさんしかいなかったよな⁉

どうやって聞いてたんだこいつ！

『えぇー？　精霊の力を舐《な》めてもらっちゃ困りますな。まさか見える人間がいるとは思いもしなかったから油断しただけで、姿を隠そうと思えばそれくらい朝飯前なのですぞ。ふぉっふぉっふぉ』

フラムはしてやったりと言わんばかりのドヤ顔で、謎キャラをキメている。

何だよそのキャラ！　腹立つが憎めなくて微妙な気持ちになるからやめろ！

『――で、どうするの？　エルルちゃん、連れていかなくていいのー？』

「……あいつはあとから転移で連れていく」

『ええー⁉　あんなこと言って置いていくなんてひどくない⁉　エルルちゃん、見捨てられたって泣いちゃうかもよ⁉』

「いや、そもそもまだ連れていくとは言ってないし……」

それに、無駄な危険は冒したくない。

万が一エルルさんを死なせるようなことがあれば、悲しむ人はたくさんいるのだ。

もちろん俺だって嫌だ。

『――でもほら、エルルちゃん来ちゃったよ？』

「え？　……は⁉」

フラムの言葉に思わず振り返ると、遠くの方に、大きな荷物を背負ってこちらへ向かってくるエルルさんの姿が見えた。

俺がエルルさんに気づいたことに気づき、口をパクパクしながらこちらへ手を振っている。

恐らく、「アサヒさーん」とか何とかそういうことを言っているのだろう。

というか、こんな足下の悪い道をそんなヒョイヒョイと……嘘だろ！？！？

「おいどういうことだよ！　いったいどうやってこんな――」

『知り合いの精霊に頼んで、ちょっとね～♪　……あ、あの身体能力は、エルルちゃんが元々持ってる力だからね！　あたしは何もしてないよ！』

『ちょっとフラム！　いくら面白そうだからって、アサヒの大切なお友達に【誘惑】を使うのはやりすぎですわよっ！』

『あらあら～。いけない子ねえ』

フラムのこの行動には、さすがの精霊たちも呆《あき》れていた。

誘惑……なるほど⁉

『……まったく。でも、来ちゃったものは仕方ありませんわ。フラムがどんな手を使ったにせよ、あの子だって、ここに来るのには相当な「思い」が必要だったはず。なら、それを助けるのも精霊の役目ですわ』

『……そうだね。こうなったら、みんなであの子をビスマ村へ届けよう』

『ち、ちょっと待ってください……大精霊様に怒られたらどうするんですか……』

『うふふ、その時は、みんなでごめんなさいって言うしかないわね～』

『そんなあ……うう……』

フラムとシャインは楽しそうに、アクアとアイスは自身の役割を果たすために、ウィンはなんか丸め込まれて、エルルさんを連れていく決意をしたらしかった。が！

俺は連れていくなんて言ってねええええええええ！！！

「そもそも今日は、まだそういう段階じゃないんだよ！　下準備というか、森にどんな脅威が潜んでいるのかの調査をしたかっただけというか！」

『……でも、エルルちゃんは今日連れ出した方がいいと思うな』

フラムは急に、ふっと表情を曇らせる。

そして困ったように、何か言いたげな様子で視線を外した。

フラムがこんな表情を見せるのは初めてだ。

「……何かあったのか？」

『えっと……実はね、エルルちゃん狙われてるみたいなの。獣人のくせに最近楽しそうで面白くないって……だから痛い目に遭わせてやろうって……人間がそう話してるのを聞いちゃって……』

「は……？」

そういえば、ガラルさんがウェスタ町には「エルルに差別的な、奇異の目を向けるヤツもいる」と言っていた。そいつらのことだろうか？

――くそ、どうしたらいいんだ。

森の奥は、今いる場所よりもっと薄暗い。

いくら精霊たちがいるとはいえ、ドロップスとやらの存在は彼女らにとっても未知数らしいし、魔物がいる可能性だってゼロじゃない。

それに、森を抜けるのにどれくらいの時間がかかるのかも分からない。

だが、じっくりと考える時間はなかった。エルルさんが追いついてしまった。

「アサヒさーん！　よかった、間に合いましたっ！」

「お、おう……」

俺たちに追いついたエルルさんは息を切らしており、立ち止まってはあはあと呼吸を整えている。

こんな山道を休みもせずに来たのだから当然だろう。

むしろ、大きなリュックを背負った状態で追いついたのが信じられない。なんなんだこの身体能力の高さ……。

……だが、呼吸が落ち着くにつれてエルルさんの表情が曇り、焦燥感を帯びていく。

「………あ、あれ？　私、どうして森の中に⁉　いえ、でもたしかに私は森へ行こうと思って準備をしたんですけど……でもいくらアサヒさんがいるからって、私にそんな勇気があるはず……。それにそもそも、どうしてアサヒさんがここにいるって私……」

エルルさんは自分が置かれている状況に混乱し、うろたえている。

森へ行こうと決意した記憶も、荷物を準備してここへ来た記憶もはっきりとあるのに、なぜ自分がそう思い立ち、それを実行したのかが分からないらしかった。

恐らく、さっきアクアが言っていた【誘惑】の力なのだろう。精霊怖い。

「あー、まあとにかく会えてよかったです……」

「は、はい……。なんだかすみません……」

今いる場所は、森全体で言えばまだまだ入り口に近い場所だろう。

だから本来なら引き返すのが正しい。――はずだった。

でも――。

「エルルさん、ここへ来たことは、ガラルさんや女将《おかみ》さんには……」

「ガラルさんの家のポストとレスタの厨房《ちゆうぼう》に、アサヒさんとビスマ村へ向かいます、とメモを残してきました」

準備万端じゃねえか！　精霊の【誘惑】すごいな！！！

「――分かりました。もし、もしエルルさんがこのまま進みたいと思うなら、ビスマ村まで俺が守ると約束します」

周囲では、フラムを始めとする精霊たちが『ついに言ったー！』『なかなかやりますわね！』などと黄色い歓声を飛ばしたり手を取り合ったりしていたが、全力で見ざる聞かざるを貫いた。

あとで覚えてろよ！

「……私、行きたいです。きっと、祖父母もとっても心配していると思うので。できるだけご迷惑はお掛けしないようにします。だからお願いです、どうかビスマ村へ連れていってください」

「――分かりました。それならまあ、目指してみるとしますか！」

どっちにしても、そっち方面に向かう予定だったしな。


エルルさんの一言で、俺たちはこのままビスマ村へ向かうことにした。

今はビスマ村の一つ手前にある、ユグドル町《まち》という場所を目指して歩みを進めているところ――なのだが！

「アサヒさん、大丈夫ですか？」

「い、いや、うん、大丈夫！　……なんですけど、ちょっと！　もう少しだけ！　ゆっくり進んでもらえると……！」

「あわわ、すみませんっ！」

エルルさんは、よじ登らなければ進めないような岩場も、ちょっとした階段くらいのテンションでヒョイヒョイとリズミカルに乗り越えてしまう。

履いている靴に何か仕掛けがあるのかと思ったが、いたって普通の靴だった。

くっ――。

俺が守ると約束します、なんて大見得を切っておいて、こっちがついていけないだと？

こんな結果があってたまるかあああああ！

俺、これでも元勇者なんだが⁉　実際けっこう強かったんだが⁉

さっきまで「案外余裕だな」なんて思っていた自分が恥ずかしい……。

ちなみに先ほど、エルルさんに背負っているリュックを持とうかと提案したが。

不思議そうに犬耳をピコピコさせながら、「これですか？　意外と軽いので大丈夫ですよ！」と言われてしまった。

『あの……獣人さんは、基本的に身体能力が高めなんです……。だから気にすることはないと思います……』

俺の気持ちを察したらしいウィンが、そっと横に来て慰めてくれたが。

しかし今は、その気遣いが余計に切ない。

なんだ、この屈辱にも似た負けたような感覚は。

あんな可愛《かわい》い見た目で身体能力つよつよとか反則だろ絶対！

いや、進めないって言われるよりは助かるんだけどさ……。はあ。

ちなみにフラムは、横で声を上げて大笑いしている。こいつ！

「え、エルルさん、ちょっとこのあたりで休憩にしませんか？　そろそろおなかも空《す》いてくるタイミングですし……」

「わあ、いいですね！　私、食材たくさん持ってきました！」

もしかして、リュックに詰まってるのって食料だったりする、のか？

——結果、当たりだった。絶対重いだろそれ！

「ああ、そうだ。エルルさん」

「はい？」

「これから俺、ちょいちょい見慣れない魔法やアイテムを使うと思うんですけど、気にしないでくださいね」

「ふふ、分かりました。もう既にたくさん驚いてるので今さらですよ♪」

エルルさんはそう言って、おかしそうに笑う。

たしかに、【ポータブルハウス】を見られた時点でいろいろ手遅れかもしれない。

「——あと、もしよかったら、お互いに敬語とさん付けやめませんか？」

「えっ？」

「これからしばらく行動をともにするわけですし、気楽な方がいいかな、と」

「そう、ですね。アサヒさんがいいなら……！」

「じゃあそういうことで。改めて、よろしくなエルル」

「はいっ。でも呼び捨ては慣れないなぁ。アサヒくん、でもいい？」

「なんでもいいよ」

「えへへ、じゃあアサヒくんって呼ぶね♡」

エルルは犬耳をピコピコ動かし、笑顔で嬉《うれ》しそうに尻尾《しっぽ》を振った。


「いったん【ポータブルハウス】で荷物を整理しようか」

俺とエルルは【ポータブルハウス】へインハウスし、荷物を整理することにした。

いくらエルルの身体能力が高いとはいえ、無駄に重い荷物を持ち歩く必要はない。

「食材や着替えはここに置いておこう」

「で、でも、アサヒくんの荷物が増えちゃうよ？」

「この【ポータブルハウス】はもちろん、ここに置いたものは重量を感じずに持ち運べるんだよ」

「えっ⁉　……き、消えないよね？」

エルルは不安げな表情を浮かべる。

「大丈夫だよ。ほら、この間使った調理器具も、エルルに乾かしてもらった服も、ちゃんとそのままここにあるだろ」

「それもそうかぁ。なんか、すごすぎて頭が追いつかない」

大丈夫。俺も理屈は微塵《みじん》も分かってないよ！

前世でも現世でも、あの女神からもらった力やアイテムは「そういうもの」として処理することにしている。

——というかエルル、この【ポータブルハウス】を含め、ここにあるものすべてを文字通り「持ち歩いてる」と思ってたんだろうか？

この旅で自分がエルルの期待に応えられるのか、だいぶ不安になってきた……。

荷物を整理して、それぞれ手持ちの武器や回復薬など最低限の荷物だけを選別し、袋に詰めた。

「——よし、んじゃあ昼食にしよう。今日は外で食べるぞ」

「そ、外って……森で食べるってこと⁉」

「ああ。せっかくこうして旅に出たんだから、楽しみもないとな」

精霊たちの方を見ると、フラムが『ここならオッケーだよ！』とサムズアップをキメている。

ほかの精霊たちも、うんうんと頷《うなず》いてくれた。よし！

念のために、ドアを開けた状態で【ポータブルハウス】も置いておこう。

『アサヒ、光のベールで結界を張った方がいいかもしれないわ～。この辺にドロップスや魔獣がいることはないと思うけど、動物はいると思うの』

『ああ、そうだね。食べ物の匂いで寄ってくる可能性が高いし、ボクもそうした方がいいと思う』

シャインが提案し、アイスもそれに同意したが。

光のベールなんて魔法、覚えていないぞ？

俺はシャインに向かって軽く首を横に振り、目で「持ってない」と訴える。

すると精霊たちはぽかんとした顔をして、それから笑いだした。

『アサヒにはあたしたちがついてるのよ？　使えないわけないじゃない！』

『そうよ〜。私たちを味方にしたってことは、その属性の魔法は、アサヒの実力次第で無限大ってことなのよ〜。うふふ』

無限大⁉

つまり第二の人生のときみたいに、魔法書で一つ一つ取得しなくても、イメージと訓練と能力次第で使えるってことか？

俺は試しに上へと手をかざし、光の結界をイメージしてみた。

ちなみに光の結界は、前世でよく使っていた魔法の一つだ。

範囲は——そうだな、二人だし、だいたい半径十メートルもあれば十分だろう。

強く念じると、上空に白く輝く魔法陣が出現し、そこからあっという間に光のベール——結界が広がっていく。

「な、何これ？　まわりが光で包まれていく……。これってもしかして結界？　アサヒくんこんなこともできたの⁉」

「あー、いや……うん。そうみたいだな」

俺も今知ったけど！

「——これでよし」

「ちゃんと膜があるのに、草木へのダメージはまったくないんだあ。不思議だね」

確認のために光の結界内を一周する中で、エルルが感嘆の声を上げる。

結界は、森の一部を覆うドームのような形をしており、その形状ゆえに一部木の幹や枝を貫通している部分もあるが。

森の、自生している植物はその干渉を受けていない。

──たしかに。これでちゃんと結界として成立してるんだからすごいよな。

前世でもそうだったから特に何も考えてなかったけど、こうやって細かく見ていくと魔法の力は不思議だらけだ。

『この場所はドロップスの管理が行き届いているから、光の魔法と相性がいいのよ～。森が邪気を帯びていると、光のベールが弱まる原因になっちゃうの～』

シャインは、気持ちよさそうに森の空気を吸い込みながらそう言った。

たしかに、葉が茂っているため日陰ではあるが、木々の葉一枚一枚を見ても生き生きと輝いているように感じる。時折吹く風も心地いい。

ほかの精霊たちも、安心した様子でのびのびと自由を満喫していた。

「アサヒくん、今日は何を作るの？　私、森で料理ってしたことなくて……」

「うーん、そうだな……」

今ある食材で考えると、定番ならバーベキューやスープあたりだと思うけど。

でもせっかくエルルがいるんだし、きっと目新しさがある方がいいよな。

とはいえ、俺は料理のプロではまったくないし、簡単なものしか作れない。

みんなで楽しく食べられて、簡単で、今ある食材でできるもの……。

「――よし、今日はチーズフォンデュにしよう。パンもあるし」

「チーズ……フォンデュ？　初めて聞く料理だね。どんな料理なの？」

「食材に、溶かしたチーズを絡めて食べるんだよ」

俺が買ったパンの残りと鶏肉《とりにく》、セロリ、ソーセージ、エルルが持ってきたパン、ラディッシュ、アスパラあたりが使えそうだな。

燻製《くんせい》肉もいいけど、鶏肉とソーセージがあるしとりあえずはそれでいこう。

「そうと決まれば、まずは石でかまどを作るぞ！　エルルは小枝を――」

『あ、あの……えっと……実は土精霊さんと草精霊さんに仲良しの子がいて……。よかったらお手伝いできる、かも……』

俺がエルルに小枝を集めてほしいと伝えかけたそのとき、ウィンがおどおどしながらも手伝いを提案してくれた。

ほかの精霊たちとの交流を見て、少しは心を開いてくれたのだろうか？

俺は「頼む」という気持ちを込めて、ウィンの目を見て頷いた。

するとウィンは、森の来た方向とは反対側を向いて、祈るように手のひらを合わせて指を組み、目を閉じて、小声で何か言い始める。

しばらくすると、なんと突然かまどを作ろうと思っていた付近の土が盛り上がり、あっという間にいい感じのかまどが完成した。

形状も安定していて、石を積み上げて作るよりもずっといい。

そして今度は、森のあちこちから小枝が飛んできて静かに積み重なった。

このポルターガイストのような現象が収まると、ウィンはぺこりと頭を下げた。

――す、すげえ。

手伝ってくれたと思われる精霊たちの姿が見えないのは、俺が土精霊や草精霊とは契約をしていないからだろうか？

さすがにそこはルールを守らなくては、と、姿を隠しているのかもしれない。

俺が「ありがとう、助かった」と目で伝えると、ウィンは静かに微笑《ほほえ》む。

『お役に立ててよかったです。……え、エルルさんには、今のはアサヒさんがやったことにしてくださいね……。私たちのことは内緒でお願いします……』

ウィンはそれだけ言って、シャインのところへすーっと飛んでいった。

シャインが『えらいわ～』と頭を撫《な》でている。

「ね、ねえ、今のもアサヒくんなの……？　土と小枝が勝手に……！」

「えーっと……まあそういうことになる、かな」

感動し、キラキラとした目をこちらへ向けてくるエルルに対し、俺はそう答えるのが精いっぱいだった。エルルごめん！

「私もお手伝いしたいなー」

かまどと薪《まき》の問題が解決したところで、エルルがそわそわし始めた。

犬耳をピコピコさせて、準備を進める俺を興味深げに見ている。

俺は今、【ポータブルハウス】に置いていたテーブルを外に出し、そこに使う食材を並べているところだ。

ドアを閉めると消えてしまうため、【ポータブルハウス】のドアは開けっ放しにしている。

「じゃあ、食材を洗うから切ってくれるか？　基本的には一口サイズの角切り、アスパラは四センチ幅くらいかな」

「はーい！」

俺は洗濯物を洗ったとき同様に水球を作り、セロリとラディッシュ、アスパラを放り込む。

前回は水魔法だけで洗ったため苦戦したが、風魔法を織り込むことで水の動きが良くなってだいぶラクに洗えた。

「すごい！　野菜洗うのあっという間だね。レスタにいたら絶対喜ばれるよ！　水魔法いいなあ」

「あはは、ありがとな」

パンと鶏肉、洗った野菜をエルルに任せ、俺はかまどの準備にとりかかる。

とはいっても、薪をくべて火魔法で火をつけるだけなんだけど。

魔法でつけた火は自分の意思で調整可能なようで、弱火、中火、強火すべて思いのままだ。

「アサヒくん、火魔法も使えるの？　属性いくつ持ってるの？」

「えっ？　――あー、いや、うーん」

しまった……。

そうか、前にピザトーストを作ったときは、焼いてる最中はエルルに見られてないんだっけ。

「……もしかして、すごい貴族様とか王宮魔法師様とかだったりする？」

エルルは食材を切りながら、少し緊張気味にチラチラこちらを気にしている。

「いやいやまさか。ただの旅人だよ」

「ええー？　本当？」

「本当だって。というか、魔法やアイテムについては気にしない約束だろ？」

「はっ！　そ、そうだったね。ごめんなさい……」

秘密にしたまま旅をともにするのは気が引けるが、何かの拍子に話が広まって変なのに目をつけられたら面倒だし、ここはちゃんと一線を引いておきたい。

かまどに油をひいたフライパンを置き、エルルから受け取った食材に火を通していく。

ジユゥウウウウ！

空腹を刺激する音とともに、鶏肉とソーセージの芳醇《ほうじゅん》な香りがふわっと立ちのぼった。

「いい匂い……！　外だと、なんかお店とは全然違う気分になるね！」

「あえてのアウトドア飯って、なんか贅沢《ぜいたく》な気持ちになるよな」

食材の準備ができたら、今度はフォンデュするためのチーズを作る。

鍋《なべ》に牛乳とエルル持参のにんにくをつぶしたものを入れて温め、軽く沸騰したら火を弱める。

あとは刻んだチーズに小麦粉をまぶしたものを加えて混ぜ、滑らかになれば完成だ。

「――よし、できた！」

「わぁ……！　チーズがとろとろ！　それにいい匂い♪」

「切った食材に、この熱々のチーズを絡めて食べるんだ」

「すごい、こんな食べかた初めて！　チーズってこんな使い方があったんだね！」

クーラーボックスを台にして食材を置き、椅子をかまどの近くに移動させる。

高さが合っていないが、そこはまあ良しとしよう。

こういうちょっとした不便さも、アウトドア飯の醍醐味《だいごみ》だ。

非日常だからこそ、ってやつだな。

「それじゃあ食べようか。はいこれ、取り皿とフォーク」

「えへへ、ありがとう。それじゃあ、フィーナ様に感謝を」

「い、いただきます……」

そ、そうだった……。

あのフィーナが信仰されてるなんて、違和感がすごくて全然慣れない！

「おいしいっ！　好きな食材を選んで調理しながら食べるって、なんか楽しいね！」

「――うん、うまい！　エルルがこういうの好きでよかった。長旅になるし、できれば旅路も楽しみながら進みたいからな」

エメンタールチーズやグリュイエールチーズを思わせる、ナッツのような香りを持つコク深いウエスタ町の代表的なチーズは、こうした加熱調理に向いている。

まあそのまま食べても十分うまいんだけど！

「この間のピザトーストの時も思ったけど、アサヒくんの故郷は食材の使い方が斬新だよね。いいな～。私もいつか行ってみたい」

チーズフォンデュを気に入ったのか、エルルはまだ見ぬ料理に思いを馳《は》せながらそう言った。

故郷——か。

この世界にとって、俺は多分、異物みたいなもんだからな……。

何のしがらみもないのは気楽でいいけど、そう考えると少し寂しくもある。

だからって戻りたいとは思わないけど！

『ずるーい！　あたしも食べたい！』

『わたくしたちを差し置いて二人だけでなんて！　許せませんわ！』

『仕方ないよ。ボクたちの姿は、エルルには見えないんだから』

チーズフォンデュを前にして不満をぶちまけるフラムとアクアを、アイスがどうにか宥《なだ》めてくれている。

こうなると思ったよ！

食べたいのは分かる。分かるんだけど！

でも精霊の姿が俺にしか見えない以上、ここでこいつらが食べ始めれば、エルルにとっては完全に怪奇現象だ。

——でも、長い旅の中でずっと食事が別ってのもな。

さすがに精霊たちが可哀想《かわいそう》な気もする。

魔法に関することが書かれた本に「精霊の力を借りるための魔法を編み込んだ魔法具」とあったので、精霊という概念はこの世界にも存在するのだろうが。

しかしここでいう「精霊」というのはあくまで概念でしかなく、こうして実際に存在している事実は知られていないようだ。

『――アサヒ！　ねえってば！』

『ち、ちょっとフラム。やめなよ……』

――うん⁉

フラムに服を引っ張られて振り向くと、フラムが火の器を作ってこちらに差し出していた。

……そこにチーズを入れろってことか？　焦げるぞ！

『ふふん、あたしを誰だと思ってるのよ。チーズを焦がさないくらい簡単なんだから！』

フラムは俺の思考を読んだのか、そう言ってドヤ顔でふんぞりかえる。

まったく、仕方ないな。

「パンが減ってきたし、追加で少し持ってくるよ」

俺はいったん【ポータブルハウス】へインハウスし、エルルに見えないようこっそりとフラムにもチーズと食材を用意してあげた。

肉やソーセージは生のままだが、まあ火精霊なんだしそこはどうにかするだろう。

『やったー！　ありがとうアサヒ！』

フラムは食材を受け取ると、すーっと仲間たちのところへ飛んでいった。

いつの間にか、みんな木を加工した食器を持って待ち構えている。

そしてフラムが持っていったチーズと食材を囲み、わいわいと楽しみ始めた。微笑ましい。

「あ、アサヒくんおかえり！　ねえ、今、火の玉みたいなの飛んでいかなかった？」

エルルは、フラムたちが隠れてチーズフォンデュ会を始めている木の方へ視線を向け、火の玉が飛んでいった先を気にしている。

「い、いやいやまさか！　火の粉か何かを見間違えたんじゃないか？　そんなことより、はいこれ、追加のパン。食べるならまだあるからな」

「あは、だよね。パンありがと♪」

あ、危なかった……。

旅を一緒に楽しんでくれるのはいいけど、頼むからもう少し気をつけてくれえええええ！


「――ん？　なんだ？　何かいる？」

エルル（と精霊たち）とチーズフォンデュ会を楽しんでいると、光の結界の中に、突然不思議な気配を感知した。

普通の動物や人間とは違う、それでいて魔獣やモンスターのような淀《よど》んだ気配でもない、これまでに感じたことのない感覚。

――精霊か？　いや、精霊とも違う気がする。

あいつらの気配はもっと軽いし、木々の葉がサワサワこすれるざわめきのような、肌を撫でる風のような、とにかく自然と近い形をしている。

エルルに「西へ向かう予定です」と話した際、フラムが潜んでいることに気づかなかったのも、恐らくそのせいだろう。

だが、今ある気配はそれとはまったく違う。

周囲の空気が一気に張り詰めるような、キーンと鋭い耳鳴りがしているような、とにかく凄《すさ》まじい圧を放っていた。

「――エルル、いったん【ポータブルハウス】に入ってくれ」

「えっ？　ど、どうしたの急に……」

「いいから早く！」

俺はエルルを【ポータブルハウス】へ逃がそうとしたが。

『アサヒ、大丈夫。この気配はドロップスだよ。ドロップスは敵じゃない。こちらが危害を加えない限り何もしない』

「えっ――」

俺が何かを察知したのに気づいたアイスが、こちらへ飛んできて教えてくれた。

ど、ドロップス……これが……。

こめかみを冷や汗が伝う。

「て、敵じゃないって言われても……」

前世で培った勘が、その気配が持つ力の強さを「危険」だと全力で訴えてくる。

光の結界を張っているのは、今いる場所を中心に半径十メートル程度。

つまり――。

そんなことを考えているうちに、木の陰から何かが音もたてずに姿を見せた。

「クゥゥン！」

姿を見せたのは、真っ白に輝く馬のような生き物だった。

背中には大きな翼もある。

その馬は、まるで同じ世界にいながら別次元にいるような、不思議な存在感を放っている。

「……アサヒくん、あれなんだろう？　馬？　私、翼がある馬なんて初めて見た。それに馬ってあんな鳴き声だっけ？」

「えっ⁉」

『――あ、言い忘れてたけど、ドロップスはボクたち精霊と違って普通の人間にも見えるよ』

人間にも見えるのかよ！

というか何だこれ……ペガサス？

「ドロップスってペガサスなのか……？」

「ドロップス……？」

しまった、うっかり口に出してしまった……。

その言葉にペガサス――じゃなかった、ドロップスがぴたりと動きを止める。

『この人間、精霊と話をしているように見えるが……どういうことだ？　しかも我の正体を知っている？　くっ、普通の動物のフリをして、あのおいしそうな食べ物を分けてもらう計算が……』

……ど、ドロップスって喋《しゃべ》れるのか。

というかこいつ、まさかのチーズフォンデュ狙い⁉

普通の動物のフリは無理があるだろ！

『――待て。人間、もしかして我の言葉が分かるのか？』

「――――へ？　それってどういう」

『……なんと。正体を知っているだけではなく言葉まで分かるとは。我々ドロップスの言葉は、人間はもちろん精霊にすら分からないはずだが。しかも、我々にすら理解できない精霊の言葉も分かるときた』

ドロップスはつぶらな瞳《ひとみ》でこちらを見つめながら、「クゥゥゥ……」と小さくうなっている。

そうか、ドロップスが人間の言葉を喋れるんじゃなくて、俺がこいつの言葉を理解できるんだ。

これも【レイヤー透過】とやらの力なのか？

そんなことを考えながらふと横を見ると、アイスが驚いた様子でこちらを見ていた。

『アサヒ、キミはもしかして、ドロップスと話せているのか？』

「――え、ええと。まあ」

俺の返答に、アイスは一層驚きを強める。

たとえ精霊であっても、その上にいる大精霊であっても、これまでドロップスと意思疎通できた者はいなかったらしい。

『ドロップスは何て？』

「あー、うーん……」

「……ね、ねえアサヒくん、さっきから誰と話してるの？」

『人間、その精霊は何を話しているのだ？』

相手を視認できない、もしくは言葉が通じない別々の種族が集う中、アイス、エルル、ドロップスが、それぞれ説明を求めるようにこちらを見ている。

木の陰でチーズフォンデュ会を続けていたほかの精霊たちも、何かあったのかとこちらを気にし始めた。

――これは、誰に何をどう説明したらいいんだ？

俺はこの世界に来たばかりで、森のことや精霊のこと、ドロップスのことをほとんど知らない。

俺の独断で今の均衡を崩すのは、とても危険な気がした。

「――こ、この翼が生えた馬は大丈夫そうだ。エルル、突然驚かせてごめんな」

「う、うん。私は全然。かばってくれようとしたんだよね、ありがと」

俺はいったんドロップスと精霊を無視して、一番状況が分かっていないであろうエルルを優先することにした。

俺の言葉だけは、今この場にいる全員に伝わる。

この状況で俺が何を考えたのか、アイスとドロップスなら分かってくれるだろう。

アイスは小さく肩をすくめつつも理解したようで、何も言わずに仲間たちのところへ戻っていった。

ドロップスもそれ以上は何も言わず、ただ「翼が生えた馬」を演じてくれている。

まあそれ自体、どう考えても無理があると思うけど！

「でもこの子、大人しいね！　ここにいるってことは、元々結界の中にいたってことだよね？　閉じ込めちゃってごめんね」

エルルはそう言ってドロップスに近づき、そっと撫《な》でる。

ドロップスは大人しくしているが、正体を分かってないとはいえこっちがハラハラしてしまう。

どうか怒りませんように！

『――ふ。優しい娘だな。我は大丈夫だ、気にするな人間』

ドロップスはそっとこちらを見て、こっそりと思念を飛ばしてきた。

器の大きいドロップスでよかった……。

「ねえアサヒくん、この子に食べ物を分けてあげるのはダメ？　人間の食べ物は食べないかなあ？　馬って何が食べられるんだろう……」

「あ、ああ、いいんじゃないか？　でもさすがに馬の食事情までは俺も――」

『我は馬のような姿をしているが、馬ではなくドロップスだ。食に関する制限はない』

そう言ったドロップスの目が、心なしかキラキラ輝いているように見えた。

まあ元々チーズフォンデュ狙いだったしな！

「――と思ったけど、まあ大丈夫だろう」

「アサヒくん分かるの⁉」

「え。あ、ああー、まあ何となく？」

「すごい！　何でも分かっちゃうんだね。アサヒくんがそう言うなら信じるよ。えへへ」

よく分からないけど、またエルルからの俺の評価が上がってしまった。

大丈夫かな、俺。はあ。

「それじゃあ、用意するから少し待っててくれ」

俺は焼いた鶏肉とアスパラ、セロリ、ラディッシュなどを皿に載せ、その上に溶かしたチーズをかけてドロップスの前に置いてみた。

このドロップスの言葉、信じていいんだよな？

あげて大丈夫だよな……？

そんな一抹の不安が頭をよぎったが。

次の瞬間、その不安を吹っ飛ばすような、改めて目の前の動物がただの馬ではないと思い知らされる出来事が起こった。

『――いい匂いだ』

ドロップスがそう言った（正確には、俺に思念を飛ばした）直後、皿の上のチーズフォンデュが強く白い光を放ち始める。

そして数秒後、チーズフォンデュは綺麗《きれい》さっぱり消失した。

「――は？」

「……えっ？」

俺とエルルは、目の前で起こった不可思議な現象に言葉を失う。

今、消えた……よな？

『――うまい。なんと芳醇《ほうじゅん》な香りなのだ。食材に絡む濃厚でコク深い味わいが素晴らしい。なるほど、隠し味はにんにくか。ほのかに感じるナッツのような風味と塩味のバランスもたまらん』

ドロップスは混乱する俺たちには見向きもせず、目を閉じ、食レポを述べつつ幸せそうにチーズフォンデュを堪能している。

こ、これがドロップスの食事なのか……。

というか食レポ流暢《りゅうちょう》すぎるだろ！　プロかよ！

『人間、うまかったぞ。感謝する』

「お、おう……」

「あ、アサヒくん、もしかしてこの子が考えてること分かるの？　今の何？　チーズフォンデュはどこにいったの？」

「えーっと……。とりあえず、チーズフォンデュはこの馬が食べたみたいだよ」

「食べた⁉　えっ、でも今そんな……」

エルルが目を回しそうな勢いで混乱し続けている。そりゃそうだ。

エルルにとって、目の前の生き物は「翼が生えた馬」でしかない（多分）。

『――はっ。そうか、人間は口から食事をするのだったな。驚かせてすまなかった』

俺の発言から察したのか、ドロップスは申し訳なさそうに「クゥン」と鳴いた。

「……ねえアサヒくん、この子もしかして、森の守り神なんじゃない？」

「えっ？」

「私、昔お母さんから聞いたことがあるの。森には守り神がいて、森を人間や脅威から守ってるんだって。だから森に悪さをすると帰れなくなるんだって。ビスマ村に伝わる伝承なの。でも本当にいたなんて知らなかった……」

エルルは緊張した面持ちでドロップスを見つめ、そう言った。

その手は若干震えている。

「大丈夫だよ。おいしかったって言ってるだけだ」

「――へ？　そう、なんだ？」

「ああ。この馬――森の守り神に敵意はないよ。むしろ好意的に思ってくれてる」

「本当？　よ、よかったぁ！　でもやっぱり森の守り神様だったんだ⁉」

最初からチーズフォンデュを食べたくて近づいてきたことは、ドロップスの沽券《こけん》に関わりそうなのでさすがに伏せておいた。

『――む。怖がらせてしまったか。そうだ、差し支えなければ、お礼とお詫《わ》びを兼ねて森の外まで連れていってやろう。西にある町を目指しているのだろう？』

「――いいのか？　まだけっこうあると思うけど」

『なに、気にするな。人間、名は何という？』

「俺はアサヒだ。それならお願いするよ」

フラムが言っていた精霊の世界とやらも気になるが、せっかくの厚意だ。

時間はたっぷりあるし、まずはドロップスに導かれてみるのもいいだろう。

「エルル、チーズフォンデュのお礼に、守り神が次の町まで送ってくれるらしい」

「えっ？　でも、守り神様にそんなことさせていいのかな……」

「森は危険だし、早く抜けられるに越したことはない。ここは厚意に甘えよう」

「……わ、分かった。守り神様、ありがとうございます」

エルルはドロップスの前に膝《ひざ》をつき、手のひらを前に組んで頭を下げた。


「すごい！　私、飛んでる！」

「お、おう。そうだな……」

今、俺とエルルはドロップスの背中に乗せられて、森の中を移動している。

本当は空高く飛ぶこともできるらしいが、自分が管理する森の美しさを見せたいらしく、あえて木々の合間を進んでいった。

精霊たちからドロップスの話を聞いたときは、もっと恐ろしい生き物だと思っていたが。

森に危害を加えなければ心優しく穏やかなようだ。

『このあたりに自生している薬草は、万能薬として使える強い力を持っている。何かのときのために覚えておくといい。それからこの木はシュガーツリーといってな、葉っぱが砂糖のように甘い。

食べてみるか？』

ドロップスは、そう言ってシュガーツリーの木に近づき、葉をちぎれるように止まってくれた。

シュガーツリーの葉は柔らかく、見た目からは想像がつかないくらいに水分を含んでいて、ちぎると小さく水しぶきが舞った。

俺は二枚ちぎって、一枚を説明とともにエルルに渡す。

「――甘っ⁉　葉っぱとは思えないな……」

「本当、甘くておいしい！」

「でも、森の守り神が人間である俺にこんなこと教えていいのか？」

『アサヒは普通の人間ではないのだろう？　それにそこの娘も――。特にアサヒは、これだけの力を持っているということは、神に選ばれた転生者なのではないか？』

「え――――？」

突然の身バレに、俺は思わず言葉を失い固まってしまった。

第二の人生を含め、これまで「転生者」という存在を実在するものと捉《とら》える種族はいなかった。

精霊たちとも、そんな話は一度もしていない。

まさか転生者だってバレるとは。さすがドロップス、侮れないな……。

『――ふ、やはりそうか。分かりやすいな。心配せずとも、我にとってはどうでもいいことよ』

ドロップスは、そう言っておかしそうに笑う。

『それに、この場所にたどり着けなくすることも、シュガーツリーの葉を苦くすることも、我にとっては朝飯前。人間は、我らドロップスが認めた範囲でしか森の恩恵を享受できんということだ』

な、なるほど……。

森のすべてを管理し、操る存在――か。凄《すさ》まじいな。

よく分からないけど味方になってくれてよかった！

チーズフォンデュさまさまだな！

『――言っておくが、我はべつに、あの食べ物に釣られて近づいたわけではないぞ。アサヒの持つ力があまりに大きかったゆえ、何か良からぬ事態が発生しているのではと様子を見に向かったのだ。そしたらたまたまおいしそうな匂いが、だな……』

ドロップスは、俺の考えていることを感じ取ったのか不服そうにそうつぶやく。

その結果、動物のフリをして近づこうと考えたわけですね、分かります。

『――むう。しかしまあ、同士以外とこうして話をするなど初めてのことだ。なかなかに良いものだな。普段我らは、あまり無駄なことを話す習慣がないゆえ』

無駄とはひどい。

そう思ったが、そう言ったドロップスの声はどこか楽しそうで。

その声に、森の守り神も孤独なんだなと、かつて魔王を倒す勇者として生きていた自分を思い出して何となく愛着が湧いたのだった。

『――そういえばアサヒ、アサヒは【アイテムボックス】持ちか？』

「――え？　ああ、うん」

『なら、次の町への手土産に薬草や果実を持っていくといい。ユグドル町はエルフの町。森から何を持ち帰れるかが評価に直結する』

――え？　エルフ⁉

この世界にもエルフがいるのか！

『なんだ、知らずに向かっていたのか。エルフは、基本的に自分たちのことを高貴な存在だと思っているプライドの高い種族だ。容姿端麗で、長寿ゆえに頭も良い。魔力量も一般的な人間より上だ。初見で舐《な》められないことが大事だぞ』

な、なるほど。

まあ異種族の町へお邪魔するわけだし、何かしらの対策は必要だよな。

ユグドル町がエルフの町だって、行く前に知れてよかった。

「――ねえアサヒくん、守り神様、何て言ってるの？」

「ああ、悪い。次に行く予定のユグドル町なんだけど、エルフの町なんだってさ。それで、何か手土産を持っていくのがいいんじゃないかって」

「そういえば、昔通ったときも大人たちが何か渡してたような……」

そうか、エルルはビスマ村からウェスタ町へ向かう過程で、一度はユグドル町やこの森を通ってるんだよな。

まあ当時十歳だったらしいし、両親に連れられて通っただけなんだろうけど。

「エルルはユグドル町に滞在したことがあるんだよな？　どんな場所だった？」

「私たちは食料を調達させてもらっただけで、町の中には入ってないの。でもそっか、アサヒくんは近くを通るのも初めてなんだよね。ユグドル町は名前に町ってついてるけど、見た目は森だよ」

エルルによると、ユグドル町はエルフが暮らす広大な森のことを指すらしい。

クレセント王国内にありながら、実質独立した国家で、町の長《おさ》に認められた者以外は立ち入ることができないという。

そのため、多くの旅人は食料だけ分けてもらうか素通りすると教えてくれた。

「全部お母さんに教えてもらっただけなんだけどね。交渉は大人たちのお仕事だったから、私は邪魔にならないように、少し離れたところでお母さんと待機させられてたんだー」

「そうなのか。教えてくれてありがとな。全然知らなかったよ」

正直、べつにユグドル町を通る必要はない。ないけど。

でもどうせなら、チャレンジくらいはしてみたくもある。

エルルを安全に送り届けることが最優先ではあるが、これは俺の旅でもあるのだ。

エルフが暮らす町がどんなところなのか、見られるものなら見てみたいに決まっている。

『ユグドル町は形としては森だが、自然の森とは違うエルフが長年かけて作り上げた特殊領域ゆえ、我々ドロップスの管轄外だ。我でも手出しはできん。恐らく同じ理由で精霊も無理だろう』

——つまり、ドロップスや精霊の力は借りられないってことか。

まあでも、手土産選びにはドロップスも付き合ってくれるみたいだし。

今後のためにも挑んでみるか！

「それなら、手土産に何かもらっていこうかな」

『分かった。それならば――』

◇◇◇

ドロップスがそう言って立ち止まったと思った次の瞬間、俺は先ほどまでとは違う、大きな湖のある開けた場所にいた。

「――え？　こ、ここは……？　というか、ほかのみんなはどこだ？」

美しく透き通った湖の中心には、樹齢何千年だろうかという立派な木があり、キラキラと不思議な輝きを放っている。

『ここは我と我が招いた者しか立ち入れない、《オアシス》と呼ばれている場所だ。森と聖域の狭《はざ》間《ま》にあって、ドロップスなら皆持っている。少しアサヒと二人で話がしたくてな』

森と……聖域の……？

ということは、ほかのみんなはここの外ということだろうか。

「みんなは無事なんだろうな？」

『心配するな。無事だ。《オアシス》は下界の時間軸から切り離された場所で、ここにいる間に過ぎた時間は外には影響しない』

「……つまり、俺がここにいる間の時間はみんなにとっては存在しないってことか？」

『まあ、簡単に言うとそういうことだ』

なるほど。

それならまあ、みんなが危険に晒《さら》されるということもないだろう。

「……分かった。話って？」

『――ふ。さすが転生者、この程度のことでは動じないか。では話そう。アサヒはなぜこの世界へ連れてこられたのだ？　今のクレセント王国には、魔王や魔族の襲来もなければ世界が崩壊するような危機も訪れていない。――と、我は思っているのだが』

ドロップスは、探るような声色でそう言った。

一般的に、転生者というのは何か事情があって連れてこられるものらしい。

その世界では解決できない緊急事態に直面している、もしくは近い将来直面することが決まっている際に、その脅威から世界を守るために派遣されるのだそうだ。

第二の人生の俺がまさにそうだった。

「心配しなくても、そうした事態は何も起こってないと思うぞ。少なくとも、俺はそういう事情でこの世界に転生したわけじゃない」

『なら、なぜ――』

「えーっと……女神いわく、ごほうび転生というやつらしい」

『……ごほうび転生？　なんだそれは』

俺は、前世で魔王を倒したこと、その際に毒の呪いを受けて半年後に死んでしまったこと、そのお礼とお詫びとして、今回の「アサヒ」としての生が与えられたことを説明した。

『――なるほど、そういうシステムがあるとは知らなかった。それにしても前世ではその、災難だったな』

「あはは。まあ今さらだよ。昔から、俺は運がいいタイプじゃないんだ」

そう。俺は昔から運が悪かった。

第一の人生では、新卒で入社したブラック企業で社内一の苛酷な部署に配属され、パワハラ上司にボロボロになるまでこき使われて。

疲れた頭でぼんやり街を歩いていたら、女の子がナイフを持った男に襲われていて、咄嗟《とっさ》にかばって呆気《あっけ》なく死んでしまった。

第二の人生は中途半端な貴族の子息で、魔王を討伐して世界を救うという使命のために自由など与えられず、ひたすら勉強と訓練漬けの日々を送っていた。

そうしてやっと魔王を倒したと思ったら、今度は毒に侵されて半年後には死亡し、今に至る。

ほかにも細かいことを挙げればキリがない。

『――そうだったか。だがアサヒ、今のお主はとても運が悪いとは思えんが』

「今のところはな。でも今後はどうなるか」

『……そういえば、転生者は神から特別なスキルやアイテムを与えられると聞く。アサヒも何かもらったのではないか？』

「ん？　ああ、もらったよ。もらったんだけど――まだ使い方が分からないものもあって……」

俺は改めて確認するため、ステータス画面を開いた。

＊＊＊＊＊

アサヒ（男・十八歳）

職業：旅人

魔法適性：全属性

状態：ドロップスの誘《いざな》い

所有スキル：【神の援助】（レベル1）、【レイヤー透過】（レベル1）

所有アイテム：【ポータブルハウス】（レベル1）、【地図帳】（レベル1）、【アイテムボックス】（レベル1）

所持金：4735190ボックル

ポイント：60ポイント

SIポイント：1万5680ポイント

＊＊＊＊＊

――うん？　あれ？

ポイントはPショップのポイントだろうけど、SIポイントってなんだ？

前回こんなのあったか？

それに、アイテムもスキルも全然レベルが上がらないな。何か条件でもあるのか？

それなりに活用しているはずのスキルとアイテムのレベルがまったく上がっていないことに気づき、ふとタップしてみたところ、「ＳＩポイント２０００ポイントを消費してレベルを上げますか？」という文字が出てきた。

「……なるほど、ＳＩポイントはスキルとアイテムのポイントってことか。特に区別されてないし、どのレベルを上げるかは選べるのかな。それなら【ポータブルハウス】を優先的に――」

今のところ一番活躍しているし、これのレベル上げは必須《ひっす》だろう。

『ポータ……？　何やら変わったスキルを持っているのだな』

「うん？　ああそうか、この画面は俺にしか見えないのか。【ポータブルハウス】はアイテムだよ。簡単に言うと、持ち運べる出し入れ自由な家だ」

俺は自分が旅人であることを含め、分かる範囲でドロップスに説明した。

まあ、俺が分かってる範囲自体がアレだから、いまいち要領を得ないかもしれないけど。

特に【神の援助】に関しては、未《いま》だ完全に謎に包まれたままだしな……。

『――ふむ。さすがごほうび転生というべきか。細かいことはよく分からんが、すごいのは我でも分かる。精霊が見えたり我と会話ができたりするのは、【レイヤー透過】の効果なのだろうな』

「うん。でも前世でも所有してた【アイテムボックス】、それから【ポータブルハウス】と【地図帳】は分かってきたけど、【神の援助】がな……」

『……援助ということは、何か手助けをしてくれる切り札的なものだと思うが。助けられたと感じた場面はないのか？』

うーん……。

「しいて言うなら、どこから出てきたのか分からない、身に覚えのない身分証がポケットに入ってたことくらいだけど……」

あとは、【ポータブルハウス】に現れたパソコンと布袋、靴くらいか？

細かく言えば、電球は元々あったし、トイレットペーパーもあったな。

あれは【ポータブルハウス】の付属品だと思ってたけど、もしかして……？

いやでも、だとしたら【神の援助】ちょっとショボくないか⁉

実際なかったらすごく困っただろうし、ありがたいのは確かだけど！

でももっとこう、伝説の武器や盾をくれるとか、せめて困ったときはガイドしてくれるとか、それくらいはあってほしかった！

『本来、神が下界に直接干渉することは厳しく禁止されている。神の雫《しずく》と呼ばれている我々ですら、本能に刻まれた役割をまっとうしているだけだ。直接神に会ったことも、指示を受けたことも一度もない。その絶対の掟《おきて》を通過しているのだから、十分すごいと思うが』

「――そういえばあの女神、転生時に『神が下界に直接手を加えるのはご法度なんですよ～』とか何とか言ってたな。なるほど……」

――そう考えると、今はショボいスキルでもレベルを上げる価値はあるのかもしれない。

「――よし。それならとりあえず、ＳＩポイントは【ポータブルハウス】と【神の援助】のレベル上げに使ってみるか！」

俺はＳＩポイントを消費して、【ポータブルハウス】のレベルを３に、【神の援助】のレベルを２に上げることにした。ちなみに、レベル２から３に上げるには３０００ポイント必要だった。どうやらレベルが１上がるごとに追加で１０００ポイント必要になるらしい。

＊＊＊＊＊
所持金：４７３万５１９０ボックル
ポイント：60ポイント
ＳＩポイント：８６８０ポイント
＊＊＊＊＊

「――話が終わったなら、そろそろ元の世界に戻ろうか」

『そう焦るな。アサヒはこれからユグドル町へ行くのだろう？　エルフへの手土産はどうする』

「えっ？」

どうするって、森で何かそれなりのものをと思ってたけど。それじゃダメなのだろうか？

『ここは我が招かなければたどり着けない場所だ。そしてここにある恵みは、たとえ葉の一枚、水一滴、砂一粒であっても、すべて強い力を持っている』

ドロップスは俺にそう説明し、「ふふん」と誇らしげにしている。

まあここが普通の場所ではない、というのはこれまでの説明を抜きにしても何となく分かるし、多分ドロップスが言っていることは本当なのだろう。

でも、それならなおさら早く出た方がいいのでは？

転生者というイレギュラーな存在とはいえ、俺はただの人間だし。

「そうか。すごい場所なのは十分分かったよ」

『……はあ。まったくアサヒは欲のない人間だな。つまりここにある恵みを少し分けてやろう、と言っているのだ』

「――――は？　え、いいのか？」

そんな勝手なことをして、罰が当たるなんてことは――。

いやまあ本当は、ろくな説明もせず定時で帰った女神に怒りたいのは俺の方なんだけど！

『アサヒは前世で魔王を討伐し、神より旅人としてこの地に遣わされた転生者なのだろう？　なら、そんなアサヒの旅を導くのもドロップスの務めだ』

ドロップスはそれだけ言って、湖の中央の大木めがけて飛んでいった。

そして、一本の枝を咥《くわ》えて戻ってきた。

枝には、五枚の葉っぱがついている。

「こ、これは？　たしかにすごいエネルギーを感じるけど……」

『不作に悩んだときに、この葉を一枚ちぎって土に埋めるとよい。葉のエネルギーが土地に力を与え、豊かな実りを生むことだろう。通常なら置いておくだけでも多少は効果がある。あの木はこの森を支える心臓のようなものだからな』

「なるほど⁉」

そんな大事な木の枝をこんな簡単に折ってよかったのか？

森に異変が起きたりしないだろうな⁉

『もちろんこれは特別だ。アサヒだから渡したのだ。誰にでも渡すわけではない。アサヒがこの世界で楽しく旅をしてくれることが、この地の邪気を祓《はら》い土地を浄化するのだ。つまり、森にとっても我々にとってもメリットがある。転生者とはそういうものだ』

「俺にそんな歩く浄化装置みたいな機能が……⁉」

『――ふ。とにかく、アサヒは何も考えずに楽しく旅をすればよいのだ。森の管理は我々ドロップスと精霊の仕事だからな』

ドロップスは楽しそうな声色でそう言って笑った。

俺に浄化機能が搭載されていたとは初耳だが、そういうことなら少しくらいもらっても罰は当たらないだろう。

『――よし、エルフへの手土産も手に入れたことだし、戻るとしよう』

「お、おう。ありがとな。助かったよ」

『我はいつでもこの森にいる。今後も、何か困ったことがあればなんなりと呼ぶがいい。――ただし、この場所のことは他言無用だ。いいな？』

「分かった。言わないって約束するよ」

◇◇◇

ドロップスと約束を交わし、俺たちは再びみんなのいる森へ戻って旅を続けた。

あの《オアシス》が下界の時間軸から切り離された場所だというのは本当らしく、それなりの時間離れていたはずなのに、それに気づいた者は誰もいなかった。


「――暗くなってきたし、今日はこの辺で一泊しよう」

森にはドロップスや精霊、魔獣のほか、一般的な野生動物も生息している。

昼間はあまり出てこないが、夜になると夜行性の凶暴な動物が活発に動き出す、とドロップスが教えてくれた。

どうやら、そのあたりはどの世界でも同じらしい。

――そういえば、レベル上げした《オアシス》【ポータブルハウス】はどうなったんだろう？

さっき確認しようとしたが、《オアシス》は森と聖域の狭間にあると言っていただけに、この世界とは少しずれた場所にあるらしく。

あの場ではスキルもアイテムも使用できなかった。

俺たちは少し開けている場所で止まり、周囲を確認してから光の結界を張って、休むための環境を整えることにした。

まあ寝るのは【ポータブルハウス】の中だし、ドロップスや精霊もいるから寝ている間の危険はないと思うけど。

でもこうした場で気を抜くと、それが命取りになったりするものだ。

森が危険な場所だということを忘れてはいけない。

「悪い、ちょっと中を確認したいから、エルルを見ててもらえるか？」

『ああ、分かった。問題ない』

『あたしたちに任せて！』

エルルをドロップスと精霊に預けて、俺は【ポータブルハウス】の中を確認する。

「――おお！　部屋が増えてる！　それにトイレと風呂《ふろ》が別々になってるのは嬉《うれ》しいな」

レベル3になった【ポータブルハウス】は、1Kから2LDKに様変わりしていた。

部屋の一つ一つは大した広さじゃないが、エルルがいる今の状況では、部屋が分かれているだけでも大助かりだ。

入ってすぐの廊下にあったキッチンも、ダイニングの端へ移動して少し広くなっている。

これなら、旅の間くらいなら二人で生活しても問題ないだろう。

「――うん？　あれ？」

テーブルの上には、閉めておいたはずのパソコンが開けられた状態で置かれていた。

その画面には、「初のレベルアップおめでとうございます！」という文字とカラフルな紙吹雪が表示されている。

「このパソコン、テンプレ以外のことも言えたのか。それともこのお祝いの言葉もテンプレか？」

そんなことを考えていると、紙吹雪と文字が消えて新たな文字が表示された。

＊＊＊＊＊

スキル【神の援助】（レベル２）
本日より、パソコンが外の世界へ持ち出せるようになります。
また、レベルアップの特典として、お好きな家電を６万ポイント分差し上げます。
Ｐショップから選んで、「レベルアップ特典として受け取る」のチェックボックスにチェックを入れて決済してください。

＊＊＊＊＊

なん……だと……⁉

マジか！　６万ポイント分は大きいぞ！

――いやでも待てよ。

俺が見た途端に画面が変わったってことは、もしかして――。

「……ごほうび転生と言いながら、何の説明もなく放り出して退勤したことへの埋め合わせは？　何かないのか？」

俺は試しに、画面に向かってそう問いかけてみた。

するとしばらく静まり返ったのち、画面の文字が再び消えて動き始める。

＊＊＊＊

——と、本来ならレベルアップ特典の額は1レベルにつき2万ポイントという決まりですが。

今回は特別に！　本っっっ当に特別に！

1レベルにつき3万ポイント、それにさらに1万ポイントおまけして、合計10万ポイント分差し上げましょう！

＊＊＊＊

「ふっ、話が分かるじゃねえか。分かればいいんだよ、分かれば」

俺は早速、レベルアップ特典として当初予定していたものよりハイグレードな冷蔵庫と洗濯機をそれぞれ5万ポイントで手に入れた。やったぜ！

「お待たせ。入っていいよ」

レベルアップによって進化した【ポータブルハウス】内を一通り確認し、問題ないと判断した俺は、待たせていたエルルたちに声をかける。

まあドロップスは入れな——。

『アサヒ、我にも【ポータブルハウス】とやらの中を見せよ』

「えっ⁉　いや、そのサイズで入られるのはちょっと厳しいかな……」

ドロップスの体は普通の馬の二倍近くあるし、そのうえ大きな翼もついている。

ちょっと広くなっただけの２ＬＤＫに入れるには、あまりに――と思ったが。

『――ふむ、なるほど。では人間の形になればよいのか？』

「えっ⁉　ま、まあそう、だな？」

『よし、分かった』

ドロップスは、真っ白ふわツヤな体を強く光らせ、自身の形を変えていく。

そして数秒後には、十二歳か十三歳くらいのゆるふわ白髪美少女になっていた。

ドロップスの時には服を着ていなかったが、今は真っ白なワンピースを着ている。

『これでどうだ？』

「えっ、あ、はい……。というか女の子だったのかよ！」

『いや、我はドロップスゆえ、性別というものは存在しない。アサヒは男の子だし、女子《おなご》姿の方が喜ぶかと思ってな。どうだ、なかなかに可愛かろう？』

ドロップスはくるっと一周回って、じっとこちらを見上げてくる。

どうだじゃねえ！

人をロリコンみたいに言うなあああ！

「……はあ。まあ悪くはないんじゃないか？」

コンパクトな方が場所も取らないし、男が増えるとエルルが萎縮してしまうかもしれないしな。

そう思っての返答だったのだが。

「……アサヒくん、こういう子が好きなの？」

「え？　いや、好きとか嫌いとかそういうことじゃなくてだな……」

俺が曖昧《あいまい》な返事をすると、エルルがじとっと白い目で見てきた。

違うぞエルル、俺は断じてロリコンではない！

凹凸のない子ども体型のドロップス（女の子バージョン）に対し、エルルはそれなりに発育も良く、割と出るとこ出てるタイプ――だと思う。

だからあまりそういうことは考えないようにしているが、こうして比較できる状況に置かれるとさすがの俺も見てしまう。

「あ、あの……あんまり見られると困るな……」

「――え？　あ、ご、ごめん！　違うんだ！」

うっかりガン見していたらしく、エルルが真っ赤になって困惑している。

何が違うのかよく分からないが、でも違うんだ！

決して変な目で見ていたわけではない！　はず！

『ねえねえ、そんなことより早く【ポータブルハウス】を見せてよ！　レベルアップしたんでしょ？　気になる！』

『わたくしも早く見たいですわ！』

痺《しび》れを切らした精霊たちが騒ぎ始め、ハッと我に返る。

日はどんどん落ちて、辺りはもうほとんど真っ暗だ。

「――そうだ。ほら、そんなことより早く中に入ってくれ。外はもう暗いし、夜に森にいるのはあまりよくないよ」

「そ、そうだね。でもいくら可愛いからって、森の守り神様に手を出したらダメだからね⁉」

「出さねえよ！　相手は翼が生えた馬だぞ⁉」

『おい、なんだその物言いは。せっかく可愛い女子に変身してやったというのに！』

俺にそんなマニアックな趣味はない！

不服そうなドロップスのことはスルーして、俺はみんなを【ポータブルハウス】へ招き入れた。

「わあ、前回とだいぶ違うね！　お風呂とトイレも別々だし、お部屋も増えてる！」

『すごいすごーい！　お部屋が三つもあるよ！』

『前よりはマシになりましたわね。この硬い箱みたいなものは何ですの？』

エルルも精霊たちも、【ポータブルハウス】に入るなり感動し、早速部屋を確認し始めた。

『――ふむ。我にはイマイチよく分からんが、要は人間が野営の際に使っているテントの豪華版といったところか？』

普段家というものをあまり意識しないのか、ドロップスはあまりピンと来ていない様子だ。

まあペガサスだしな。野生の馬だしな。

ペガサスの私生活なんて知らんけど！

「個室のうち一つはエルルが使っていいよ」

「えっ、いいの？　ありがとう！」

とは言っても、増えた個室はまだ空っぽの状態で。

家具も布団も何もない。

現在の残高は60ポイントしかないため、レポートを提出しなければ何も買えない状態だ。

――まあでも、今日は書くことがたくさんあるしな。

それなりの額にはなるだろう。うん。なってくれないと困る！

「これから布団や家具を揃《そろ》えないといけないんだけど……それにはちょっと一仕事する必要があるんだ。だからみんなリビングで少し待っててくれるか？」

『……家具？　どんなものが欲しいのだ？』

「うん？　えーっと、こういうベッドとか、簡易的な棚とか、できれば机と椅子もあった方が便利かなと思ってる」

俺はパソコンでPショップの画面を開き、ドロップスに説明する。

ドロップスはパソコンを初めて見たようで、最初は画面が次々と切り替わることに驚いていた。

しかしすぐに慣れ、ふんふんと興味深げに家具を観察し始めた。

ちなみにエルルも、初めてのパソコンに「わあ」とか「すごい」とか言いながら俺の真横へ来て釘付《くぎづ》けになっている。距離が近い！

『なんだ、こんなものでいいなら我が作ってやろう。材料の木はそこらへんにたくさんあるしな』

「えっ⁉　でも……」

『遠慮するでない。こうして珍しいものを見せてもらった礼だ。少し待っておれ』

ドロップスは外へ行き、幼女からペガサスへと姿を戻す。

そして遠吠《とおぼ》えのような高い声色で「クゥゥゥゥン！」と吠《ほ》えた。

見た目は馬に近いのに、鳴き声はなんだか犬みたいだ……。

ドロップスが一声鳴くと、近くに生えていた何本かの木が白く強い光を放ち始め、そのままモニヨモニョと姿を変えだした。

ドロップスは、『こうか？　いや、もう少しこう……』とボソボソとあれこれ言いながら、光る木の方をじっと見つめていたが。

数分もすると、そこに立派なベッドと棚、机、椅子が二つずつ完成した。

『こんなもんでどうだ？』

「す、すげえええええええ！　完璧《かんぺき》だよ。表面も滑らかでささくれもないし、継ぎ目もバランスもまったく問題ない。まるでベテランの職人が作った高級家具みたいだ」

『すごいな。ドロップスはこんな細やかなこともできるのか』

『本当、素材のよさを活《い》かした素晴らしい仕上がりですわ！』

「これ、守り神様が作ったの⁉　貴族様が使う家具みたい……！」

俺やアイス、アクア、エルルの言葉は、決してドロップスをおだてるためのものではなく。

ドロップスが生み出した家具は、本当に隅々まで隙のない、見事なまでに美しく磨き上げられたものだったのだ。触るとすべすべしていて気持ちいい。

凝った細工や派手さはないが、天然の木を贅沢《ぜいたく》に使用しているためか、むしろこのシンプルさが一層高級感を演出しているように感じる。

『ふっ、我にかかればこの程度大したことないわ』

「――でもこれ、どうやって中に入れるの？　ドア通るかな……」

「うん？　ああ、それは大丈夫」

俺はドロップスが作ってくれた家具をいったん【アイテムボックス】へ収納し、【ポータブルハウス】にインハウスして、置きたい場所に家具を配置した。

こうして、ドロップスに家具の画像を見せて三十分もしないうちに、二つの個室は立派な家具が揃った部屋になったのだった。

あとは布団をもう一セット買えば、問題なく生活できるはず！


「ありがとな。本当に助かったよ」

あのあと、ほかにもリビング用の棚を三つと食器棚、お風呂場《ふろば》用の棚などを作ってもらい、家具の類はだいぶ充実した。

『よいよい。よき転生者は大切にしろというのが神の方針らしい。我は、アサヒを気に入ったから力を貸しているのだ。気にするな』

家の中が充実したのを見て、ドロップスも満足そうにしている。

ドロップス……。

「なあ、そういえば、ドロップスって種族名みたいなもんなんだろ？　名前はなんて言うんだ？」

『名前？　名前はないな。我らには群れをなして生活する習性はないし、その必要もない。必要な時に必要なことを仲間に伝達する以外、基本的には誰とも交わらない』

そ、そうなのか……。

でもせっかく仲良くなったのに、種族名で呼ぶのもな……。

できれば呼び名がほしい。

今後ほかのドロップスが出てこないとも限らないし。

『ドロップスではダメなのか？　なら、アサヒが名前をつけてくれ』

「え、俺でいいのか？」

『どうせ我の名を必要とするのはアサヒだけだろうからな。好きにするがいい』

「……分かった。それなら」

うーん、何にしよう？

ドロップス……ペガサス……馬……翼……神の雫《しずく》……聖なる……。

「よし、セインはどうだ？　聖なるとか神聖なとか、そういうイメージの言葉からとってみた」

『――ふむ、セインか。悪くない。よし、ではこれから我のことはセインと呼ぶといい』

ドロップス改めセインは、『セイン、セインか……ふふ』と嬉《うれ》しそうに繰り返している。

気に入ってくれたみたいでよかった！

「エルル、今日から森の守り神のことはセインと呼んでやってくれ」

「わ、分かった……。セイン、様」

俺の発言から状況を察したのか、エルルは戸惑い少し緊張しながらも従ってくれた。

精霊たちも、俺の周りをヒュンヒュン飛び回りながら、『セインだって！』『セイン！　素敵な名前ですわね』『うふふ、セインっていい名前ね～』と名前を連呼している。

「セインの呼び方も決まったことだし。そろそろ部屋を片付けて夕飯にするか」

俺はさっきレベルアップ特典としてもらった冷蔵庫に食材の類を入れ、使ったタオルや服を洗濯機へ投げ入れた。まわすのはあとで問題ないだろう。

服や日用品、食器類も、セインが作ってくれた棚へ収納していく。

「そういやセインの寝る場所がないな……。俺はリビングで寝るから、ここにいる間はセインが俺の部屋使っていいぞ」

『うん？　いや、我は外で眠るゆえ問題ないぞ。この姿のまま寝ると、寝ぼけて元の形に戻って家を破壊しかねんからな』

なるほど⁉　それは困る！

「そ、そうか、分かった。まあセインがやりやすいようにやってくれ」

精霊たちは好きにするだろうし、なら寝る場所の問題はなさそうだな。

——今日の夕飯は何を作ろう？

せっかくなら、みんなで楽しく食べられるものがいいよな。

エルルが持ってきてくれたパンやら燻製《くんせい》肉やらもまだたくさんあるし、ソーセージやチーズ、卵や野菜もそれなりにある。食材は昨日買い足したばかりだ。

「よし、食材もいろいろあるし、サンドイッチパーティーでもするか。サンドイッチにするとなると、やっぱりあれがほしいよな」

「あれ？　あれって何？」

もったりとしたクリーミーさ、程よい酸味とまろやかさにコクを併せ持つあれだ。

マヨネーズ！

サンドイッチでは味つけとしてだけでなく、挟む具材の水分からパンを守る役割も担う。

バターでもいいけど、個人的には圧倒的にマヨネーズ派なんだよな。

「エルル、ちょっとやりたいことがあるから、野菜と燻製肉、ソーセージ、それからパンをサンドイッチ用に切ってくれるか？　コンロがないから、焼くのはあとで俺がやるよ」

「？　うん、分かった。任せて！」

俺は作業をエルルに任せ、パソコンを持って自室へ入る。

さっき机と椅子を作っておいてもらってよかった！

「今日は本当にいろんなことがあったな……」

まず、宿屋エスリープを出てギルド登録をしに向かうところから始まって。

『風魔法①～初級～』を買いに行ったら魔法書担当者が実は変態で、そいつに弟子か下僕にしてくれと迫られて。

そのあと女神にもらった【地図帳】に転移機能があるのに気づいて、菜の花畑へ飛んで、そこで風精霊のウィンと契約して――。

「そこから薬草採取でもしようと北西の森へ向かった後、精霊たちからドロップスの存在を聞かされたんだっけ？」

ドロップスの存在を知ってから一日も経《た》っていないなんて、信じられない……。

で、何やかんや話してたら、フラムが仕向けた【誘惑】とやらでエルルがきちゃったんだよな。

しかもフラムいわく、エルルの身に危険が及んでいる、と。

だから仕方なく合流して、そのままビスマ村へ向かうことにしたわけだけど。

まあでも、そのおかげでドロップス――セインにも会えたし、旅も順調だし、結果的にはよかったのかもしれない。

けど、ガラルさんやレスタの女将さんを含めた関係者は、こんな突然エルルを連れ出して怒ってないだろうか……。

突然手紙一枚で町を出るなんて、本当に大丈夫だったのか？

次会ったとき殴られませんように！！！

「――レポートはとりあえずこんなもんでいいか。細かい内容はまた後ほど追加で送るとしよう」

俺は今日あったことをざっくりと大まかに書き記し、メールで送付した。

しばらくすると、いつも通り返信の通知が入る。

どうせあのテンプレメールだろうと思いつつ一応目を通すと、今回は「P．S．」がついていた。

P.S.長いな⁉

＊＊＊＊

アサヒさん
レポート受け取りました。ありがとうございます。
報酬のポイントは、ショップ画面からご確認ください。
それでは、引き続きよろしくお願いいたします。

P.S.
エルルさんの件、お疲れさまです。

旅人として新たなスタートを切ったばかりなのに、早速女の子を救うとは。

さすが魔王を倒した元勇者ですね！

そういえば神谷《かみや》旭《あさひ》の死亡理由も、通り魔から女の子を助けた際に刺されたことでしたっけ？

ほっとけない、断れない、ついうっかり助けちゃう性格のアサヒさん、私嫌いじゃないですよ！

でも彼女いない歴＝年齢以上なアサヒさんには、女の子との生活は大変でしょう。

なのでポイントをサービスしておきます。

私、優しい女神ですから！

ただ定時で帰るだけの女神じゃないですから！

それでは、引き続きいい人生を過ごせることを願っています。

＊＊＊＊＊

メールの相手おまえ本人かよフィーナ！

いや、まあ今回はたまたまってこともあり得るけど……。

――ったく。悪かったな、彼女いたことない優柔不断で残念な男で！！！

そう思いながらもポイントを確認すると。

なんと「5万60ポイント」と表示されていた。

これは助かる！　ありがとう女神様！！！

「――そうだ、せっかく5万60ポイントもあるなら、コンロを買ってしまおう」

火魔法で焼けなくもないけど、やっぱりあった方が便利だしな。

コンロがあればエルルも料理できるだろうし！

俺は1万8000ポイントの二口のIHコンロ、それからエルル用の布団セットA（3500ポイント）を購入した。

これで冷蔵庫、洗濯機、コンロと生活するうえで絶対ほしい家電製品が揃《そろ》った。

ほかに必須《ひっす》なものといえばエアコンぐらいかな。

クレセント王国の気候と【ポータブルハウス】内の環境にもよるけど。

「――それより今は、当初の目的だったあれだ。マヨネーズ！」

Pショップの食材欄を確認していくと、やっぱりあった。280ポイントらしい。

「そうだ、調味料の類をもう少し買っておこう。何がいいかな……。砂糖と塩、コショウはあるから——とりあえず醤油《しょうゆ》と味噌《みそ》、コンソメ、和風だし、料理酒があればいいか。あとはラップとアルミホイルもいるかな」

マヨネーズと醤油と顆粒《かりゅう》和風だし（各280ポイント）、料理酒と顆粒コンソメ（各350ポイント）、味噌（450ポイント）、ラップ（250ポイント）、アルミホイル（200ポイント）で合計2440ポイントとなった。

＊＊＊＊

所持金：473万5190ボックル

ポイント：2万6120ポイント

SIポイント：8680ポイント

＊＊＊＊

「エルル、お待たせ」

「食材、切り終わったよ～。何してたの？　その箱、何？」

「ふっふっふ。調理器具と調味料だよ。エルル、マヨネーズって知ってるか？」

「マヨ……？　ううん、知らない」

やっぱりか！

レスタでもレスタショップでもファームでも見かけなかったし、もしかしたらこの世界には存在しないのかもって思ってたんだよな。

これは旅がてら広めてみるのもありかもしれない。

いい収入源になりそうだ。

俺はコンロ台に二口のＩＨコンロを設置し、流し台横の調理スペースに購入品を並べた。布団はあとでエルルの部屋に運ぼう。

「この不思議な素材でできた台がコンロなの？　それにこの箱、紙なのにすごく丈夫！　調味料も見たことないものばかりだよ」

エルルは、届いたもの全てを珍しそうにじっと眺めている。

この世界の箱は、基本的には木材でできている。

ミスレイ雑貨店でガラルさんが運んでいたのも、重そうな木の箱だった。

「俺の故郷の品なんだ。今日はパンと具材を用意して、各自でサンドイッチを作って食べるスタイルにしようと思ってる」

「楽しそう！　アサヒくんは食事を楽しむプロだね！」

「はは、ありがとな」

エルルが切ってくれたアスパラとソーセージ、燻製肉をフライパンで焼いていく。

やっぱりコンロがあると全然違うな！　文明の利器バンザイ！

あいている方のコンロでゆで卵を作りつつ、精霊用に一部の食材を小さくカットした。

「すごい……火がないのにちゃんと焼けてるし、お湯も沸いてる……」

「火は使わないけど、でも熱いから触らないようにな」

「う、うん。分かった」

精霊たちも『雷精霊の力と似たものを感じるね。電流が流れてるのかな？　見たことない道具だ』『アサヒが暮らしていた国は、かなり文明が発展しているようですわね』と興味津々だ。

ちなみにフラムは、ＩＨコンロを見て『むう……』と悔しそうにしている。

ふっ、火がなくても焼くことはできるんだぞ☆

野菜や肉はお皿に盛り、ゆで卵は冷水で冷やして殻をむき、水を捨てた鍋《なべ》に戻してフォークで潰《つぶ》していく。

そしてここに、塩コショウとマヨネーズを足して混ぜる！

「あの、アサヒくん、これ何？　なんかドロドロしてるけど……」

「卵フィリングだよ。これをサンドイッチに挟むとうまいんだ。準備もだいたい整ったし、テーブルに運んでくれると助かる」

『――お、もうできたのか。我も手伝うぞ』

『見て見て！　あたしたちの分、ちゃんと小さく切ってあるー！』

『わわ、すごいです……！　ありがとうございます……』

リビングで待機していた面々が続々と集まってくる。賑《にぎ》やかだな。

――でも、賑やかに感じているのは一部だけで。

エルルとセインは俺としか喋《しゃべ》れないんだよな。

精霊たちも、精霊同士か俺としか言葉が通じない。

特にエルルは精霊の姿すら見えないし、この中だと俺の声（たまに発せられるセインの鳴き声）しか聞こえない状態だ。

みんながそれぞれ会話できたらいいんだけど……。


準備を終えた俺たちは、それぞれの形で席に着く。そして。

「いただきます」

「フィーナ様に感謝を」

『――それは食事の際の挨拶《あいさつ》か？　では我も倣うとしよう。いただきます』

セインは俺のマネをして手を合わせ、楽しそうに言った。

その様子を見て、子どもがいたらこんな感じなのかな、なんて思ってしまう。

食事の際のフィーナに対する感謝の言葉にも、だいぶ慣れてきたな……。

「そういえば、さっき小さく切ってたパンと具材、あれは何？」

「――え。あ、ああ、あれはなんというか……お供え用、みたいな感じかな？　俺の故郷の習慣なんだ。気にしないでくれ」

精霊たちの存在はエルルには秘密のため、彼女たちには俺の部屋で食べてもらっている。

さっきから『あたしが目をつけたのに！』とか『ボクとしてはこの組み合わせがオススメだな』とか『よ、横取りしないでくださいい……』とかだいぶ騒がしい。

これがエルルには聞こえないんだから、なんだか不思議な感じだ。

「――わあ！　この卵おいしい！　燻製肉《くんせい》とキャベツに合わせたらすごく合う！」

「だろ？　パンにこれを塗ってから挟むと、もっとおいしいぞ」

俺はテーブルに置いていたマヨネーズをエルルに勧める。

ちなみに俺は、マヨネーズと卵フィリング、焼いたアスパラ、燻製肉、パセリを挟んでみた。

具だくさんでうまい！

もったりとした卵とマヨネーズのやさしい味わいに、野菜の持つほろ苦さ、燻製肉のガツンとくるうまみと塩気がとても合っている。

『うむ、たしかにうまい。卵のコクとソーセージにこのシャキシャキとした玉ねぎ、これこそ最高の組み合わせではないか……!?』

セインは、マヨネーズと卵フィリング、スライスして水にさらした玉ねぎ、それから縦半分に切って焼いたソーセージをサンドしているらしい。

前回は不思議な食事方法を取っていたが、今回は口から食べている。

どっちでもいけるのか！

「このソース、本当にすごいね。まるでサンドイッチのために生まれてきたみたい」

「こいつは使い方次第でいろんなことができるんだ。油代わりにも使えるしな」

「私、ウェスタ町の食文化ってすごく進んでると思ってたけど。でもアサヒくんの故郷に比べたらまだまだなんだね。レスタのみんなにも食べさせてあげたい」

エルルはサンドイッチを頬張り、左手を頬に当てて幸せそうにしている。

マヨネーズって、たしか油と酢と卵を混ぜたもの……だっけか？

俺は、料理は嫌いじゃない。どちらかというと好きな方——だと思う。

だが、マヨネーズを手作りできるほど料理に精通しているわけではない。

というか、そんな凝ったことをする余裕は「神谷旭」にはなかったし、そもそも売られている調味料をわざわざ自作しようとは思わない。

俺が好きなのは、もっと手軽で簡単な料理なのだ。

でも、売れるなら一度自分で作ってみるのもありかもな。

そしたら作り方を売ることだってできるわけだし！

第一の人生で活用していたクックポットみたいなレシピサイトがあれば、マヨネーズの作り方や分量なんてすぐに分かるのに……。

「ビスマ村はね、焼くだけ煮るだけのすっごくシンプルな料理ばっかりなんだ。保存のための干し肉はあるけど、多分ソーセージもなかったんじゃないかな。見た記憶がないもん。だからアサヒくんの料理食べたら、きっとみんなびっくりするよ」

「そうか。それはぜひとも作ってやらないとな」

菜の花が名物だって言ってたし、菜の花の天ぷらなんてどうだろう？

おひたしやシチューもいいかもしれない。

炒《いた》めてチーズと一緒にパンに挟めば、立派なホットサンドにだって――。

遠方どころか近隣の町や村との繋《つな》がりすらほとんどないこうした世界では、その地に根づく食文化も地域によって大きく変わってくる。

――ウェスタ町では見知った食材ばかりだったけど、地方に行けば、もしかしたら見たことのない食材もあるのかもしれないな。ぜひとも見てみたいものだ。

そういや、エルフって何を食べるんだろう？


俺たちは、それぞれ好きな具材を挟んで思う存分サンドイッチを堪能し、おなかいっぱいになるまで満喫した。おいしいは正義！

「そういえば、セイン――というかドロップスって普段は何を食べてるんだ？」

『我らは、普段はあまり直接的な食事をしないのだ。森に流れるエネルギーを取り込めば十分に生きられるからな。それ以外は、たまに木の実や柔らかい葉っぱを食べるか、森に迷い込んだ人間の食料を少し拝借するくらいだ』

迷い込んだ人間の食料はやめてあげて！

人間は食料なくなったら死んじゃうから！！！

『――でも、こうして食事の時間をしっかり取るのもいいものだな。こんなにも温かく満たされた気持ちになるのは初めてだ』

「そうか、それはよかったよ。エルル、セインが一緒に食事できて嬉《うれ》しかったって。サンドイッチも気に入ったってさ」

「本当？　それはよかった！　セイン様おいしそうに食べてたもんね。守り神様も、こうして見ると普通の女の子みたいだよね～」

エルルは優しい笑みを浮かべ、セインを見つめる。

セインの存在にもだいぶ慣れたのか、犬耳を時折ピコピコさせながらリラックスしている様子だ。

それに気づいたセインもまた、ふっと笑って穏やかな表情でエルルを見つめ返す。

なんだこの尊い光景は。眩《まぶ》しい！

『――本当に、優しい娘だ。だがもう時間も遅い、子どもはそろそろ寝る時間じゃないのか？　旅の疲れもあるだろうしな』

「あ、ああ、そうだな。エルル、そろそろ寝る準備をしよう」

「うん、お皿片付けちゃうね」

エルルがそう言ってお皿に手を伸ばそうとした瞬間、使用した食器類全てが強い光に包まれた。

どうやらセインの力のようだ。

『片付けは我が終わらせてやろう。ちょっと汚れを分解して何やかんやすれば、あっという間に綺《き》麗《れい》になる。娘にそう伝えてやれ』

「お、おう。分かった。助かるよ。――エルル、片付けはセインがしてくれるってさ。だから寝る準備をしなさいって」

「えっ⁉　で、でも、セイン様にそんなこと――」

エルルはあたふたしていたが、そうこうしている間に食器はピカピカになり、綺麗に重ねられ整理整頓《せいとん》された状態でテーブルに並んでいた。

いつの間にかテーブルもキッチンも綺麗になっていて、水滴一つついていない。

すごすぎて、俺もエルルも一瞬言葉を失った。

「あ、ありがとう……ございます……」

「ありがとうセイン、助かったよ。エルルもありがとうございますってさ」

『うむ。では、我もそろそろ元の姿に戻って寝るとしよう。おやすみ。――アサヒ、娘に変なことをするでないぞ』

「しないわ！」

まったくエルルにしてもセインにしても、俺を何だと思ってるんだ！

セインは俺の返答を聞くと、満足そうに笑ってひらひらと手を振り、【ポータブルハウス】から出ていった。

「シャワーはどうする？　俺は先でも後でもどっちでもいいけど」

「じゃあ、アサヒくんが先にどうぞ。私はお部屋の整理をしようかな」

「分かった。じゃあ布団を渡しておくよ」

俺はエルルの部屋へ布団セットAを運び、それからシャワーを浴びた。

全身に温かいお湯を浴びると、改めて今日がものすごく濃い一日だったことを実感させられる。

さすがに疲れたな……。

今日はもう、レポートを書いたらさっさと寝よう。

◇◇◇

『おはようアサヒ、もう朝だよー！』

『まったく、いつまで寝ているつもりですの？』

「――ん、んん」

翌朝、俺はフラムとアクアの声で目が覚めた。煩《うるさ》い……。

部屋にあるカーテンを開けると、外はもう明るかった。

とは言っても、ここは森の深い場所だし、ぱあっと日差しが降り注いでいるわけじゃないけど。

でも風で揺れる木漏れ日がキラキラと輝き、これはこれで綺麗だなと思った。

「――なんかいい匂いがする」

『エルルちゃんが朝食を作ってるみたいだよ！』

『うふふ、なんだか夫婦みたいね～』

エルルはもう起きてるのか。というか今何時だ？

Pショップで買った時計を見ると、なんと十一時を過ぎていた。

「おまえら起こすならもうちょっと早く起こしてくれても――」

『ええーっ、理不尽！　一時間前にも起こしたのに、布団被《かぶ》って寝ちゃったのアサヒだよっ⁉』

『そもそもわたくしたち、アサヒの母親でも使用人でもありませんのよ？』

フラムはぷくっと頬を膨らませて、アクアは白い目でこちらを見ている。

――ぐ。マジか。

全然記憶にないんだが？

まあ昨日は久々にいろんなことがあったしな……。

「本当にすみませんでしたごめんなさい……。準備してすぐ行くよ」

エルルとセインは、俺以外と会話をすることができない。

セインが今どうしているか分からないが、二人きりにされても困るだろう。

そう思ったが。

「おはよ……う？」

『――おおアサヒ、おはよう。遅かったな』

「アサヒくんおはよう。――はいこれ、セイン様の分ですよ」

『ありがとう。ではいただくとしよう』

今日はソーセージと目玉焼き、パン、燻製肉とキャベツのスープのようだ。

セインは慣れない様子ながらフォークを使い、パンにマヨネーズを塗って、ソーセージと目玉焼きを挟んでいる。どうやらサンドイッチが気に入ったらしい。

「お、おはよう。二人って、意思疎通できないんだよな？」

「会話はできないよ。でも、何となく雰囲気で分かることも多いから」

『ふっ、いつまでも同じではないのだぞ。我々も学習くらいするのだ』

おかしそうに笑うエルルとドヤ顔を決めるセインに、驚きと嬉しさ、そしてほんの少しの敗北感がじんわり広がった。

こういうとき、察する能力の高い女性は強い。

ってていってもセインに性別はないらしいけど。

にしても、二日目にしてこの打ち解けようはなかなかに……。

「アサヒくんも座って。冷めないうちに食べよう」

「お、おう。ありがとう。悪いな作らせちゃって」

「全然だよ。むしろ何から何まで助けてもらっちゃって、申し訳なくて……。だからこれくらいは私にさせて！　アサヒくんみたいにレパートリー多くないけど」

エルルは少し恥ずかしそうにしながらも、着々と俺の分を準備してくれた。

そして自分の分を持ってきて、席に座る。

ちなみに椅子は、テーブルセットについていたものは二脚しかないため、セインが作ってくれた机用の椅子を一つ持ってきている。

「いただきます」

「フィーナ様に感謝を」

スープは燻製《くんせい》肉とキャベツ、塩コショウのみのシンプルなものだが、食材から出る出汁《だし》と程よい塩気が寝起きの体に染みわたる。

「うまい……！」

「本当？　よかったあ。おかわりもあるからたくさん食べてね！　あ、お供えの分もちゃんと置いてあるから」

「え？　――あ、お、おう。ありがとう、助かるよ」

そうだった、精霊たちのごはん、お供えってことにしたんだっけ……。

すっかり忘れてた。危ない。

『――ふ。エルルはいいお嫁さんになるな。大事にしろよ、アサヒ』

セインの言葉に、思わずスープを噴き出しそうになった。

俺とエルルはそんな関係じゃねえよ！


「食事も済んだことだし、そろそろ出発しようか」

『うむ。森の出口までもう二、三時間もあれば着く』

「意外と早かったな」

『我がいなければ、少なくともあと一週間はかかっていただろうがな』

朝食を食べ終えた俺たちは、【ポータブルハウス】内を片付け、早速ユグドル町へ向けて出発することにした。

俺もエルルも最低限の荷物だけを持って、セインの背中に乗る。

森の中は、太い木の根が盛り上がって人の背丈以上ある場所や、行く手を遮るように高くそびえる断崖絶壁《だんがいぜっぺき》、崖《がけ》の間を流れる急流など、普通の人なら命がいくつあっても足りなそうなエリアがあちこちに点在している。

森を越えることができなかった、白骨化した人を見たのも一度や二度ではない。

こうした場所を通るたびに、改めてドロップスであるセインが味方になってくれてよかったと心の底から感謝した。

セインの背中に乗ってしばらく進んでいくと、次第に木の密度が下がって明るさが増していく。

木漏れ日程度だった光も、今はしっかりと地面を照らしている。

『アサヒ、もうすぐ出口へ着くぞ。我はドロップスゆえ、この森から出ることはできない。送っていけるのはここまでだ』

「ああ、ありがとう。本当に助かったよ」

『我もこうして人間と話ができて楽しかったぞ。また森を通るときには呼ぶといい』

視界がひらけ、その先に広大な草原が広がっているのが見えた。

セインとはここでお別れだ。

「ああ。そのときにはぜひまた一緒に食事しよう」

「セイン様、ここまで送り届けてくれてありがとうございました」

『――ふ。楽しみにしているぞ』

セインは「クゥゥゥゥゥン！」と一鳴きすると、そのままUターンしてものすごい速さで森の奥へと消えてしまった。

どうやら俺たちを乗せている間は、俺たちが振り落とされないよう配慮してくれていたらしい。

「――さて、ここからは俺たちで頑張らないとな」

「う、うん、そうだね」

まあ本当は精霊たちがいてくれるんだけど。

――そういえば、エルフは精霊を見ることができるんだろうか？

『エルフはねー、なんとなーく、気配を察知する子はいるみたい。でも見られたって話は聞かないし、それが精霊だってことは知らないと思うよ！』

『わ、私、エルフの町に行くの初めてで……。捕まったりしない、ですよね……？』

『うふふ、ウィンは臆病《おくびょう》さんね～。大丈夫よ、エルフは森を大事にする種族だもの。森に近い私たちに危害を加えたりはしないわ』

泣きそうな顔で不安そうにしているウィンを見て、シャインは笑いながらウィンをそっと抱きしめて優しく頭を撫《な》でる。

この二人、本当に親子みたいだよな。見てるこっちまで和む。

「そういえば、エルフってクレセント王国の共通語のほかに、独自の言語も持ってるらしいよ。喋《しゃべ》る価値がないって思われたら、共通語で喋ってくれなくなるってお父さんが言ってた」

「……エルフ、性格悪すぎないか？　大丈夫かな」

まあでも、このクレセント王国においてもエルフは少数民族みたいだし、何かそうなった事情があるのかもしれない。

希少な種族は危険に晒《さら》されがちだしな。

前の世界では、エルフは人にも見えるが、どちらかというと精霊のような存在で。

エルフの住処《すみか》は森の中に秘匿されており、人間は知ることすらできなかった。

魔族や魔物のような敵対する関係ではなかったが、種族としてはそれくらい距離のある遠い存在だったのだ。

そうなったのは、美しいエルフを奴隷にしようと目論《もくろ》む人間から身を守るためだと、森に住む魔法使いに聞いた記憶がある。

「言葉は……まあ多分どうにかなるよ。セインにもらった手土産もあるし」

「手土産？　いつの間に？」

「あはは、それは内緒だ。とにかく行くぞ！」

俺は覚悟を決めて、エルフが住むというユグドル町を目指した。

第三章　エルフの町《ユグドル町《まち》》

「――なるほど、ユグドル町へ入る許可がほしいと」

「遣いの者には見えないな。用件は何だ？」

ユグドル町――という名の森の入り口では、エルフの男が二人で見張りをしていた。

格好からして衛兵のような立場なのだろう。

森は全体が特殊な結界で守られており、この場所からしか出入りできないようだ。

二人は、俺とエルルを高圧的な目でじっと見る。

ここで変な嘘《うそ》をつくと、後ほど面倒なことになりかねない。

俺は自分が旅人であること、エルルとともにビスマ村へ行く途中であること、物資調達と休息、観光のために数日間滞在したいことを説明した。

「手土産もあります。一度、エルフ長様に会わせていただけませんか？」

「ここは人間の子どもが無意味に立ち寄る場所ではない」

男の一人が、フンッと馬鹿にするように鼻で笑った。

なるほど、これはなかなかに――。

「……そうですか。せっかくすごい手土産があるんですけどね。残念です。《森の奇跡》と呼ばれるこれを手に入れることなく追い返すとは。のちのち後悔することになっても知りませんよ？　高尚なエルフ様ならこの価値が分かると思ったんですが……」

「…………。いったい何だ、その《森の奇跡》というのは」

よし、食いついた！

ちなみに《森の奇跡》というのは、俺が今適当につけた名前だ。

しかしセインが言っていた効力を考えれば、これくらいは嘘にはならないだろう。

「これです」

「こ、これは……ううむ……。おい、どう思う？」

「うーん、いやでも……。とりあえず町長のところへ連れていくか？」

見張りの二人は、五枚の葉っぱがついた木の枝をまじまじと見て、困惑した様子で何やらひそひそと話し込んでいる。

俺が「高尚なエルフ様ならこの価値が分かる」と言ったことで、何かは分からないが安易に断ることができない、という状況なのかもしれない。やったぜ！

――でも、何も感じないならきっと門前払いされただろうし。

多分だけど、少なからず何かしらの力を感じ取ったんだろうな。

「……分かった。町長のところへ案内する。ついてこい」

俺とエルルは森の中へ通され、見張りの男の一人に案内されながら歩き続けた。

セインとともに通ってきた森の中とは違い、しっかりと道が整備されている。

ユグドル町という名の森の中は、セインが発するものとはまた違う種類の、何か強い力の中にいるような感覚を抱いた。

エルルが「森が一つの国として機能している」と言っていたとおり、森のあちこちにさまざまな家や農場などが点在している。

家は大木がそのまま使用されていたり、植物や土、レンガなどで造られていたりさまざまだ。

そしてその全てが自然と森に溶け込んで、幻想的な雰囲気を生み出していた。

また、木の上にも家があり、蔦《つた》を編み込んだロープの橋で繋《つな》がっている。

「すごいね、森の中はこんなふうになってたんだあ」

「ああ、これはすごいな」

だが、途中でエルフとすれ違っても、あまり歓迎してくれている雰囲気ではない。

やはり人間や獣人が町の中に通されるのは、だいぶイレギュラーなことなのだろう。

しかも俺とエルルはまだ子どもで、荷物も最低限しか持っていない。

——もしかして、何か罪を犯して連行されていると思われてる?

そう思ってしまうくらいに視線が突き刺さる。正直辛《つら》い……。

「——着いたぞ。町長の屋敷だ。話をしてくるからここで待っていろ」

見張りの男は、そう言って屋敷の中へ入っていった。

屋敷は白を基調とした立派なもので、ほかとは明らかに格が違う。

屋敷の周囲には色鮮やかな花が咲き乱れ、美しく風に揺れていた。

「手土産を持ってきたというのは、そなたらのことか？」

しばらくすると、屋敷から一人のエルフが出てきた。

そのエルフはウェーブがかった美しい金髪で、その髪はひざ下くらいまで伸びている。

そして全体的に色素が薄く、「陶器のような肌」というのはこういうのを言うのかと、感嘆のため息が出そうになった。

でもなんというか、神々しすぎて生身の存在だという実感を持てないな……。

人間が手を出せず、事実上の独立国家として成立してしまうのも分かる気がするよ。

――なんて考えていたところで、エメラルドグリーンの宝石のような瞳《ひとみ》と目が合った。

「え、えぇと……はい。突然押し掛けてしまい申し訳ありません」

「ふむ……」

町長は片手を顎《あご》にやり、無表情に思案しながら俺たちを見つめている。

瞳と同じ色をした滑らかな絹のロングドレスが、彼女の動きに合わせてサラリと揺れた。

ドレスは無駄な装飾のないシンプルな作りで、だからこそ着こなしが難しそうだが。

柔らかさと芯《しん》の強さを併せ持つ声色や立ち居振る舞いも相まって、まったく違和感なく馴染《なじ》んでいる。すごい。

正直、フィーナの数倍は神々しいぞ……。

「……そうか。話は聞いている。妾《わらわ》がこのユグドル町の長《おさ》だ。二人とも入れ」

町長は俺とエルルを屋敷の中へ入るよう促し、それから応接室と思われる部屋へ通してくれた。

部屋に入ると、使用人と思われるエルフの女性がハーブティーとお菓子を運んできて、一礼してまた去っていった。

――もっと冷遇されるかと思ったけど、案外ちゃんともてなしてくれるんだな。

それともこれも何かの罠《わな》か？

ハーブティーやお菓子に手を出したら笑われるとかそういう？

エルルも緊張しているのか、耳がピンと立ったり下がったりと忙しい。

「まずは名を聞こう。――ノール、問題ない。下がっていいぞ」

扉付近に控えていた男は、町長の言葉を受け、一礼して部屋を出ていった。

これで部屋にいるのは、俺とエルルと町長だけだ。

「私はアサヒと申します。人間です。こっちは獣人のエルルです」

「は、初めまして……」

「アサヒとエルルか。妾の名はエルミア・アレゼールという。それで、何か渡したいものがあると聞いたが」

「はい。このユグドル町へ数日間滞在させていただきたく。町長であるアレゼール様への献上の品としてお持ちしました」

俺は葉が五枚ついた《森の奇跡》、シュガーツリーの実、万能薬になるらしい薬草を束ねたものを差し出した。

シュガーツリーの実には、黄金色の蜜《みつ》がたっぷり詰まっているらしい。

これらはすべて、途中でセインが用意してくれたものだ。

「こ、これは――！　入手困難ゆえにいくら積んでもなかなか手に入らないと言われている、あのシュガーツリーの実ではないか。こんなものいったいどこで――」

「え……。ええと、森で見つけて……」

「なっ――！　……アサヒと言ったか。そなたこれを商人から買ったのではなく、森で、自分で手に入れたのか？」

「？　はい。お渡ししたものはすべて、私が森で採取したものです」

本当はセインが手に入れてくれたものだけど。

でも、ドロップスと行動をともにしていたなんて言えない。

「……これは、森の守り神に認められた者しか立ち入れない場所に生えている、シュガーツリーという木の希少な実だ。《奇跡の蜜》とも呼ばれている。この薬草だってそうだ。これを煎《せん》じて作った薬は、一瓶で家が建つほどの価値がある」

――え？　は？

おいいいいいいいいいいいいい！

いくらエルフへの手土産とは言っても、希少にも程があるだろ！！！

「それにこの枝……これはなんだ？　とんでもない力を持っていることだけは分かるが、妾も初めて見る代物だ」

「それは《森の奇跡》と呼ばれる、特別な木の枝です。不作に悩んだときに、この葉を一枚ちぎって土に埋めてください。通常なら、祀《まつ》っておくだけでも多少は効果があります」

「なん……だと……？」

森を支える心臓となる木の枝なのに、勝手に適当な名前つけてごめん！

「……アサヒ、そなたはいったい何者だ？」

「え、ええと。ですから私は、旅人として各地を回っている人間です」

「………」

町長――アレゼール様は、探るような目でじっとこちらを見ている。

俺のことをどう扱うべきなのか分からず、戸惑っているようにも見える。

――この反応、手土産の説明を信じてくれてるってことでいいんだよな？

今はむしろ、セインが手土産の希少性を見誤ったことで、こちらからの要求に怯《おび》えている可能性が高い。そんな気がする。

「ウェスタ町で、ユグドル町へ行くなら手土産があった方がいい、という話を耳にしまして。何かアレゼール様に喜んでいただけそうなものをと考えたまでです」

「……た、たたたたたしかにユグドル町がエルフの町であるという特性上、こうした手土産をもらうことはよくある。……あるが。さすがにこれは」

アレゼール様の、《森の奇跡》に触れる手が小さく震えている。

それにしても、こんな木の枝を《森の奇跡》として渡されて受け入れるということは、それだけエネルギーの感知能力が高いということだろう。

　さすがはエルフの町の長だ。

「私は安全に数日間この町に滞在して、物資の調達や観光ができればそれでいいのですが……受け入れていただけますでしょうか？」

「エルフは森を崇拝し、森とともに生きている。東の森の守り神がそなたを受け入れたというのなら、それを拒む理由は何もない。好きなだけ滞在するとよい。困ったことがあれば力になろう」

　アレゼール様はそう言って立ち上がり、手を差し出した。

　こうして固い握手を交わし、俺とエルルは無事ユグドル町への滞在許可を得たのだった。

「妾のことはエルミアと呼ぶといい。アレゼールは家名だ。それから宿はこちらで用意しよう」

「えっ、いやでも――」

「これだけの手土産をもらったのだ。エルフの長として、それくらいのことはさせていただきたい。むしろ何をしても足りないくらいなのだからな」

「……分かりました。ではお言葉に甘えます。ありがとうございます」

　アレゼール――エルミア様との話が一段落したころ、外で待機していたらしい精霊たちが様子を見に入ってきた。

『アサヒ、エルフはなんて？　いじめられてない？』

『アサヒを冷遇するようであれば、わたくしが――』

　俺の周囲をヒュンヒュン飛び回りながら、俺とエルミア様の様子を探っている。

目線でそれとなく「大丈夫だよ」と伝えると、ホッとした様子で静かになった。

しかし。

「あ、アサヒ……？　アサヒは《守護の光》と通じているのか？」

「えっ？」

「……い、いや、何でもない。二人とも宿の手配が済むまでここで待つといい。私は仕事に戻る。用意ができたら案内させよう」

エルミア様は、エルルが頭に「？」を浮かべているのを見て話をやめ、それだけ言って部屋を出ていった。

——そうか、エルミア様は、精霊たちをエネルギー体として認識できるのか。

エルフの世界では、精霊は《守護の光》という扱いなんだな……。

◇◇◇

それからしばらくして、俺たちはエルミア様の屋敷からホテルへ移動することになった。

「お部屋はこちらでございます」

「おお……！」

「わあ……！　すごい……！」

美しい金髪をうしろにまとめた碧眼《へきがん》のメイドに通されたのは、どこの高級ホテルのスイートルームだと言いたくなるような、広くて豪華な造りの部屋だった。

品のいい洋館のような外観をしたホテルは、地方の貧乏貴族だった前世の実家より豪華だ。

建物の内部には立派な大木が一本通っていて、エレベーターのような仕掛けになっていた。

大木は最上階まで続いているらしい。

——ウェスタ町では見なかった技術だな。すごい。

部屋は天井が高く、広いリビングは壁一面ガラス張りになっている。

窓から町の様子が一望できる仕様だ。

「ベッドも広いね！　こんな大きなベッド、私初めて見たよー」

寝室に置かれている二つのベッドは、どちらも大人三人が余裕で寝られるサイズだ。

調度品のすべてが、素人目に見ても高級だと分かる圧を放っていた。

「本日よりアサヒ様とエルル様のお世話をさせていただきます、フィンと申します。何かありましたら、いつでもこちらのベルでお呼びくださいませ」

「これは……？」

ベルはスズランの形をしていて、持ち手は柔らかな黄緑色、ベル部分は乳白色の艶《つや》やかなガラスのような材質でできている。

少し透き通っている不思議な質感で、これ自体からエルフの力を感じた。

「こちらのベルは、ユグドル町で使用されている呼び鈴のようなものです。鳴らすと使用人の部屋に伝わる魔法がかかっております」

「すごいね！　まるで芸術品みたい！」

「ああ、さすがエルフの町だな」

俺とエルルがそう言うと、フィンは静かに深々と頭を下げた。

エルミア様が直々に手配してくれたのか、フィンは俺たちを邪険に扱うことはなく、国賓のごとく丁重に扱ってくれる。

「長旅でお疲れのことと思いますが、町長から夕食のお誘いが入っております。十九時ごろ、町長の屋敷へご案内いたします。それまではごゆっくりお過ごしくださいませ」

「分かりました。何から何までありがとうございます」

フィンはこの部屋のことを一通り説明すると、一礼して出ていった。

「本当にすごいお部屋だよね。ベッドもふかふか！　アサヒくん、あんなにたくさんのすごいお土産どこで手に入れたの？　私全然気づかなかったよ」

「あー、ちょっとな。それにしても、まさかこんな好待遇で迎えてくれるとは。これは、ユグドル町にいる間は【ポータブルハウス】もいらないな」

若干やりすぎ感も否めないが、まあ軽視されるよりはいいだろう。

窓から外を眺めると、多くのエルフがそれぞれ日々を過ごしているのが見えた。

フィンによると、ここはユグドル町唯一のホテルで、国賓や偉い人たちが訪れた際に使用されているらしい。

――正直あまり目立ちたくはないけど、普通のホテルも宿屋もないなら仕方ないか。

せっかくのおもてなしだしな。

ここは素直に受け入れるとしよう。エルルも喜んでるし。

こんなチート感溢《あふ》れる力を持って転生している以上、国の偉い人に目をつけられれば面倒なことになるのは目に見えている。

せっかく「ごほうび転生」とやらで与えられた第三の人生なのだから、使命や役割なんて考えず、普通の平民の旅人として自由気ままに生きたい。

「そういえば、エルミア様が言ってた《守護の光》ってなんだろうね？　アサヒくんと通じている、とか何とか言ってたような……？」

「――え。あー、何だろうな？　魔力か何かがそう見えたんじゃないか？」

「そっかあ。エルフって独特の力を持ってそうだもんね～」

エルルは窓の外を眺めながら、行きかうエルフを見て目を輝かせている。

十二歳という幼い歳《とし》で両親を失って、きっとこれまで辛いこともたくさんあったはずだ。

だからこそ、こうして少しでも楽しみを与えてあげられるのは嬉《うれ》しい。


――なんて悠長なことを考えながらまったり疲れを癒していると、突然バンッと勢いよく部屋のドアが開けられた。

「――アサヒ！」

「⁉　エルミア様⁉」

ドアを開けたのは、町長のエルミア様だ。

「……ど、どうかされましたか？」

「疲れているところ突然すまない。少しいいだろうか？」

「ええ、かまいませんよ」

「エルルと言ったか――彼女には申し訳ないが、できればアサヒだけ一緒に来てもらえると助かる。少し話したいことがあってな」

……俺一人で？

いったい何事だろうか。

でもさっき、エルミア様は精霊の力を《守護の光》という形で感じ取っていた。

もしかしたら俺の力に関係することなのかもしれない。

「……分かりました。エルル、悪いけど少しここで待っててくれるか？」

「え……う、うん。分かった」

「すまない。事情は後ほど、可能な範囲で説明する」

エルミア様の転移で向かった先は、広大な農場だった。

農場には色とりどりの艶やかな作物がたわわに実っていて、そこで働くエルフたちは皆、大きな籠《かご》を持って和気あいあいと収穫に勤《いそ》しんでいる。

中には見たことのない作物もあった。

「立派な農場ですね。さすがエルフの町です」

「……違う、そうじゃない。ここは妾《わらわ》が管理している農場なのだが、先日近くで魔物が出た影響か、作物がうまく育たなくて困っていたところだったのだ」

「えっ？　でも――」

――あれ、これってもしかして？

いやでもさすがにそんな短時間でこんな――。

じんわりと、冷や汗とともにザワザワとした感情が込み上げてくる。

「もらったばかりの品をすぐに試すのは品がないと思ったが、備蓄の生産用でもあるこの農場はユグドル町にとって重要な場所でな……。先ほどの《森の奇跡》を一枚使わせてもらった」

やっぱりいいいいいいい！

即効性も効果もありすぎるだろ！！！

すごいな《森の奇跡》⁉

「品がないなんて思いませんよ。活用してくださって嬉しいです」

「……う、うむ。しかし今さらだが、本当に妾がもらってよかったのか？　シュガーツリーの実一つでも、手土産としては十分すぎると思うのだが」

「この森は、エルフが長い時間かけて丁寧に大切に育ててきた森だと聞いています。そこに突然お邪魔するわけですから、遠慮なく受け取ってください。――って言っても、私はただ森の恩恵を分けてもらっただけですけどね」

正直、これを俺の手柄とするのはあまりにも気が引ける。

そう思って言ったのだが。

「ただ森の恩恵を分けてもらった――か。それがどれほどすごいことか理解しているのか？　……多分していないのだろうな。でもきっと、だからこそ選ばれたのだ」

エルミア様はおかしそうにくすくすと笑い、それから俺の周囲に目を向けた。

澄んだ瞳《ひとみ》は俺ではなく、俺の周囲にいる精霊たちを捉えている。

どうやら本当に精霊の気配を感じ取れるらしい。

「森の守り神に選ばれ、《守護の光》まで味方につける人間か。《守護の光》は人間には見えないものだと思っていたが、アサヒには見えているのだろう？」

エルミア様は、「妾には分かるぞ」とでも言いたげな、悪戯《いたずら》な笑みを浮かべてこちらを見る。

どうやら嘘は通じないようだ。

「あー、いや……まあ、何となく？」

「――ふふ、やはりか。そうだと思った」

エルミア様は満足げに笑い、しかしそれ以上は何も言わず、再び目の前に広がっている農場の方へと目を向けた。

農場をいつくしむように見つめる横顔の美しさに、思わずドキッとしてしまう。

――にしても、エルフって普通の人間とは世界を見る解像度が全然違うんだな……。

クレセント王国の共通言語も何不自由なく話せるし、前世のエルフに比べると人間に近い存在なのかなと思っていたけど。

こうして話をすると、人間よりも上位の存在であることを改めて実感する。

これはあまり長居しない方が良さそうか？

物資を調達して少し観光したら、ほどほどのところでビスマ村へ向かおう。

◇◇◇

メイドのフィンが事前に伝えてくれていた通り、その日の夜はエルミア様の屋敷で夕飯をご馳走《ちそう》になることになった。

「――それでは改めて。アサヒ、エルル、エルフが住まうユグドル町へようこそ。今夜は存分に料理を堪能していってくれ」

「ありがとうございます。いただきます」

「あ、ありがとうございますっ。おいしそう！」

広いテーブルの上には、色とりどりの野菜をふんだんに使ったサラダ、具だくさんのスープ、ステーキや魚のムニエル、柔らかそうなパン、美しくカットされたみずみずしいフルーツなどが華やかに並んでいる。

「エルフも肉や魚を食べるんですね」

「ん？　ああ、ビフの実とチキの実、フィシュの実、それからここにはないがピグの実は、すべてユグドル町の特産物だ」

「……実？　ってことは、これは肉でも魚でもないってことですか？」

いやでも、どっからどう見ても……。それに匂いだって。

しかも肉は、牛肉（に見えるもの）と鶏肉《とりにく》（に見えるもの）がある。

ピグの実ということは、これの豚肉版もあるってことだろうか？

魚は鯛《たい》の切り身のような見た目をしている。

「エルフは基本的に、仇《あだ》をなす動物以外を狩ることはしない。だから豆やこうした木の実からタンパク質を摂《と》るのだ」

「へ、へえ……？」

いやいやいやいやいや。

そういう――そういうレベルの話じゃなくないか!?

肉や魚の実ってなんだよ！

「アサヒほどの力があれば食べたこともあるかと思ったが、もしかして初めてか？」

「え、ええ、まあ」

「そうか、それは説明不足ですまなかった。味は一般的な肉や魚と変わらないから安心してくれ。もちろん、口に合わなければ残して問題ないぞ。――ランウェ、これの実を持ってきてくれ」

「かしこまりました」

ランウェと呼ばれた男は一礼していったん下がり、しばらくして平たいザルに木の実を載せて戻ってきた。

「こちらがビフの実、チキの実、ピグの実、フィシュの実でございます」

ザルの上に並べられた木の実はそれぞれ違う形をしている。

が、どれも直径十五センチほどあり、実としてはかなり大きい部類だ。

ビフの実は巨大なザクロに近いフォルム、チキの実は巨大なくるみのような形状、ピグの実はグレープフルーツ形、フィシュの実はカカオ豆っぽい形をしている。

「中身もご覧になりますか？」

ランウェが木の実にナイフを入れると、中から火が通っていない牛肉、鶏肉、豚肉それから鯛のような身が姿を現した。

どれも艶《つや》やかで弾力があり、新鮮なのが一目見て分かる。

「――新鮮なビフの実とフィシュの実は、生で食べてもうまいのだ。アサヒとエルルもチャレンジしてみるか？」

エルミア様はそう言って笑い、こちらを試すような目で見ている。

多分、「生なんて」と断ると思っているのだろう。

が、しかし！　それってつまり、刺身ってことじゃねえかあああああ！

「食べたいです！」

「えっ⁉　アサヒくん⁉　な、生はちょっと、人間には危険じゃない？」

「こうして出してくるくらいだから、きっと大丈夫だよ」

「――ほう？　珍しいな。人間は嫌がると思っていたがさすがアサヒだ。ではランウェ、ビフの実とフィシュの実を捌《さば》いて持ってきてくれ」

「承知いたしました」

まさかこの世界で刺身が食べられるとは思わなかった。

第二の人生では生肉や生魚、生卵は食べられなかったし、てっきりこの世界でも無理なものと思ってたけど――。

実は俺は、刺身が大好物なのだ。もちろん寿司《すし》も好きだ。

味はどうか分からないけど、これは期待が高まるぞ！


「うまあああああああ！」

「おいしいいいいいいいっ♡」

薄くスライスされたビフの実の刺身は、表面が軽く炙《あぶ》ってある。

ビフの実の刺身は程よくサシの入った霜降り肉という感じで、口に含むと口内の熱でとろりと蕩《とろ》けて消えていく。

味つけは塩とレモンとにんにくを混ぜたもの。

シンプルだが、だからこそ肉の味が引き立っている。控えめに言って最高だ。

「ふふっ、うまかろう？　気に入ってくれて何よりだ。まだまだたくさんあるから、好きなだけ食べるといい」

フィシュの実も、上質な鯛の刺身のようなプリッとした弾力と噛《か》みごたえがある。味も淡白ながらしっかりとしていて、レモンと塩コショウ、オリーブオイルを混ぜたタレの味にも全然負けていない。

「お肉もお魚も生で食べたらいけないって教わったんだけど、こんなにおいしかったなんて！　普通のお肉ではこうはいかないんだろうけど、いつかみんなにも食べさせてあげたいなあ」

「だなー。ユグドル町、寄ってみて本当によかった」

出された料理は、すべてが絶品だった。

ステーキはミディアムレアで、噛むと肉の強いうまみがジュワッと溢《あふ》れ出す。

ハーブ焼きも、詳しくは分からないがハーブとレモンが程よく効いていてとにかくうまい。

ムニエルなんて、厚みのある身が驚くほどふわふわでホクホクだ。

野菜やフルーツも新鮮で、みずみずしくて味が濃いのに青臭さは一切感じられない。

「アサヒとエルルならいつでも歓迎するぞ。一生分の手土産をもらったからな。――今こうして新鮮な野菜とフルーツを出せるのは、《森の奇跡》のおかげだ」

「アサヒくんはすごいなあ。本当に手土産を用意して、エルフに認められて、ユグドル町でこんなに歓迎されちゃうんだもん」

エルルはそう言ってため息をつく。

まあ正直、実際チートだなとは思う。うん。

ごほうび転生すごい！

そしてそんな俺の旅についてきているエルルも、多分けっこうすごい。

実際、身体能力――主に脚力ではエルルに勝てる気がしない。

そんなことを思っていたが。

「？　何を言っている。エルルも【聖女の力】を持っているではないか」

「えっ⁉　聖女⁉　わ、私……？」

「えっ？」

「なんだ、二人して気づいてなかったのか？　案外ぽんこつな面もあるのだな。アサヒの力ほどではないが、【聖女の力】もけっこうな力だぞ」

ぽんこつ言うな！

というか【聖女の力】って何だ？

エルルも本気で知らなかったみたいな顔をしてるし、恐らく隠していたわけではなく自覚していなかったのだろう。

「【聖女の力】は、不運を退け幸運を呼ぶ、常時発動型の加護スキルのようなものだ。明確な条件は不明だが、誰かの強い思いが宿ることでごく稀《まれ》に突如発現すると言われている。何か心当たりはないか？　例えばエルルのことを大事に思う人間が不慮の死を遂げたとか、事故や病気で絶体絶命の危機に瀕《ひん》したことがあるとか……」

「…………」

エルミア様の言葉に、エルルは驚いた様子で固まった。

心当たり？　そんなもの、ありすぎるくらいある。

「エルル、それって……」

「………もしかして、お母さんとお父さん？」

エルルの目から溢れた涙が、静かに頬を伝った。

「……そうか、森で事故に。獣人も、人間ほどではないが脆《もろ》いからな」

涙を拭《ぬぐ》いながら話すエルルを見て、エルミア様は心を痛め表情を曇らせる。

それから沈黙が続いたが、しばらくして再びエルミア様が口を開いた。

【聖女の力】を得たのは、恐らくそのときで間違いないだろう。エルル、そなたは両親にとても愛されていたのだな」

「……そう、だと思います。とても大切にしてくれました」

「そうか、ならばその命、大切にしなければな」

優しい眼差《まなざ》しで見つめるエルミア様につられて、エルルも笑顔でうなずく。

見た目が似ているわけではないが、こうしているとまるで親子のようだ。

「――そういえば、二人はここからさらに西の森を抜けて、ビスマ村へ向かうのだったな。少し待っていろ」

エルミア様はそう言って席を立ち、今いるダイニングルームから出ていった。

そしてしばらくして戻ってきたと思ったら、小さな箱をエルルに手渡す。

箱はアクセサリーケースによくある感じのパカッと上下に開くタイプで、ベロアのような生地に包まれている。

「そなたにこれをやろう」

「こ、これは……？　開けてもいいですか？」

エルルはエルミア様が頷《うなず》くのを確認し、そっと箱を開ける。

中には、美しい涙形をしたエメラルドのペンダントが入っていた。

繊細にねじれたチェーンや留め具部分は、キラキラと金色に輝いている。

「⁉　こ、こんな高そうなものいただけませんっ！」

「何を言う。このペンダントは、妾《わらわ》が認めた人間である証《あかし》なのだ。受け取ってくれなければ困る。それに、そなたらの手土産の方がはるかにすごいのだぞ」

エルミア様はおかしそうに笑いながら、エルルの首にペンダントをつけてくれた。

が、宝石部分だけでも二センチほどある。高価であるのは確かだろう。

「これは、【聖女の力】のような加護スキルを特別な力として変換できる魔法具だ。エルフの力で生み出した特殊な宝石と金属を、熟練した職人が一つ一つ手作業で加工している。――アサヒにはこれを。こっちは指輪に加工してある」

「お、俺も⁉」

「もちろんだ。正直言うと、妾にはアサヒの持つ力が何なのか分からない。分からないが、何かしらの凄《すさ》まじい力を持っていることは分かる」

加護スキルということは、恐らく【神の援助】のことを言っているのだろう。

え、エルフ怖《こえ》えええええ！

スキルの詳細がバレなくて本当によかった。

「あ、ありがとうございます……」

俺は受け取った箱から指輪を取り出し、人差し指にはめてみた。

ちなみに指輪の金属部分はシルバー、宝石は四角い形に加工されたエメラルドが三つはめこんである。サイズは、合計するとエルルのものと同じか少し大きいくらいだ。

男女問わずつけやすい、人を選ばないシンプルなデザインにしてあるのがありがたい。

何かが発動したらどうしようかと思ったが、つけただけでは何も起こらなかった。よかった。

「この魔法具をつけていれば、人間であっても丁重に扱ってもらえるはずだ。これから、ユグドル町の観光もしたいのだろう？」

「はい。旅人として、やっぱりエルフの町は魅力的ですからね」

「うむ。ユグドル町には、人間の町とは違う希少なアイテムやおいしい食べ物がたくさんある。好きなだけ見て回るといい」

こうして俺とエルルは、町長に認められた証となる希少な魔法具を手に入れたのだった。

エルミア様のお墨付きなら、これで観光もしやすくなるはず！

◇◇◇

ユグドル町へ来て二日目。

俺とエルルはホテルで朝食を済ませ、観光がてら町の中を散策することにした。

「こうして改めてじっくり見ると、本当にすごい町だな」

「うん。エルフって、本当に森とともに生きてるんだね～」

昨日の夕食のあと、エルミア様が地図を広げて町のことを教えてくれた。

ユグドル町は、円形に広がる森の中にアゲハ蝶《ちょう》のような形で存在している。

俺たちが通ってきた入口は蝶の腹の下部にあたる部分で、泊まったホテルとエルミア様の屋敷は、それぞれ触角のように伸びた先にある。

そして左右に広がる四枚の羽の部分に、エルフたちの居住区域や生活エリアが広がっている。

町を歩いていると、周囲から「あの人間、町長様の《証》を持ってる」「《証》保有者を見たのなんて何百年ぶりだろう?」「きっとすごい人間なんだよ」などと話す声が聞こえてきた。

何百年ぶりってまじか……。

「――にしても地図をもらってきてよかったよな。けっこう道が入り組んでるし、木の上にも建物があるからなかなかに……」

「うん。エルフは物心つくくらいには飛行魔法が使えるようになるらしいから、多分道はあんまり関係ないんだと思う」

そ、そうなのか。なるほど……。

それならあえて入り組んだ道にすることで、万が一のときに備えているのかもしれないな。

「北西のエリア以外はエルフたちの居住区域らしいから、邪魔しないようにしよう。観光客に日常を邪魔されるのは嫌だろうしな」

「そうだね。私生活も気になるけど、そこは侵害しちゃだめだよね」

右上の羽には、主にエルミア様の屋敷で働く使用人や役人、衛兵たちの居住区域が。

左上の羽には、飲食店や雑貨店などの店や屋台が立ち並ぶ商店エリアが。

下の羽には、一般エルフの住居が多く集まっている。

というわけで、俺たちは左上の羽周辺へ向かうことにした。


「ここからが商店エリアか」

上部にエルフ語で「フォーレス商店街」と書かれているアーチをくぐると、その瞬間、まるで異世界に来たかのような錯覚に襲われた。

アーチをくぐる前と後で、見える世界がガラッと変わったのだ。

基本的な町の構造は変わらないが、商店街全体が一瞬にして魔法に彩られた。

「これは――」

「ゆ、夢の中にいるみたい……」

森に囲まれているユグドル町は、木々の間から光が差しているため暗くはないが、それでもやっぱり森の外と比べるとやや薄暗い。

しかしフォーレス商店街の中は、木々に光が遮られていることを忘れさせるくらい明るく華やかだった。

宙には柔らかな光がシャボン玉のごとくふわふわ舞い、木々の葉も不思議なくらい輝いている。

また、木の根元や道の際のあちこちに美しい鉱石が生えていて、光を反射してキラキラ煌《きら》めいていた。

俺もエルルもその光景を目の当たりにして、入口に立ったまま動けなくなってしまった。

あまりの美しさに呼吸すら忘れてしまいそうだ。

――が、そこで。

「ねえねえ、あんたたち《証》を持ってるってことは、町長様に認められたのよね？　見たところ、特にお偉いさんって感じもしないけど……」

「あ、ああ、初めまして。俺たちはただの旅人だよ」

「……ふーん？　普通の人間で《証》持ちなんて初めて見た。少なくともここ数百年はいないわ」

金髪に金色の瞳《ひとみ》を持つ白いワンピースを着た少女は、物珍しそうに俺とエルルを観察している。

彼女もまた、例に漏れずエルフ特有の神々しさを放っている美少女で。

そんな美少女にじろじろ見られると、何とも言えない気持ちになってソワソワしてしまう。

エルルも赤面し、犬耳と尻尾《しっぽ》をゆるゆるパタパタさせながら戸惑っている。

「フォーレス商店街はもう見て回ったの？」

「いや、これからだよ」

「ならちょうどいいわ。おいしい屋台を知ってるの。ついてきて！」

「えっ？　お、おいっ！」

エルフの少女は、返事も待たずに歩き出してしまった。

「……どうする？　とりあえず、ついていってみるか？」

「そう、だね。特に目的があるわけじゃないし、エルミア様もこの魔法具があれば大丈夫って言ってたし、せっかくだから案内されてみよっか」

「――だな。よし、じゃあ行くか！」

俺とエルルは、慌てて少女のあとを追いかけた。


少女についていくと、太い木の幹をくり抜いたような屋台の前で立ち止まった。

「このお店よ。お父さんただいまー！　お客さん連れてきたよ！」

屋台のある木の上は、小さいが可愛《かわい》らしい家になっている。

ツリーハウスってなんか憧《あこが》れるよな。

ここで生活するのは、普通の人間にはちょっと大変そうだけど。

「リエルおかえり。いらっしゃい、見かけない子だ――」

お父さんと呼ばれたその男性は、そこまで言って驚いた顔で固まる。そして。

「あ、《証》持ち⁉　もももも申し訳ありません、うちのリエルが大変失礼なことを――！」

「えっ？　い、いえそんな」

慌てる父親の様子に、むしろこちらが驚いてしまう。

この魔法具の効力すごいな⁉

だが、娘――リエルの方は納得いっていないようで、不服そうに口をとがらせる。

「なによお父さん大げさ！　《証》持ちっていったって人間でしょ？」

「リエル、謝りなさい！　町長様が授ける《証》は、森に愛された特別なお方である証拠なんだ。人間だとかエルフだとか、そういう次元の話じゃない」

「……ええ。むう、はあい。ごめんなさーい」

リエルはまだあまり納得してなさそうだが、それでもしぶしぶ頭を下げた。

正直、俺もまだよく分かっていない。

たしかに精霊やドロップスであるセインとはそれなりに仲良くなれたが、それは女神にもらったスキルあってのことで。

俺が森に愛されているかと聞かれるとだいぶ怪しい気がする。

「大変失礼いたしました。娘はまだ二百三十六歳ととても若く……《証》をお持ちであることが何を意味するのかよく分かっていないのです」

「い、いえ。別に何も失礼なことはされていませんので。それより、この《証》をもらえる人間ってそんなに珍しいんですか？」

もはやどこから突っ込んでいいか分からない父親の謝罪に、それくらいしか返せる言葉が見つからなかった。

「もちろんです！　《証》の授与には、我々一般エルフの知らない厳正な基準があると聞きます。そもそも一般的な人間や獣人には、宝石の力が強すぎてとても……」

「あ、あの、これ、普通の人が身に着けたらどうなるんですか……？」

エルルも気になったようで、おずおずと口を開いた。

女神に力をもらってごほうび転生した俺はともかく、エルルは自分が特別な力を持っているなんて知らずに生きてきた子だ。まだ実感がないのだろう。

ペンダントの宝石に触れる手が僅《わず》かに震えている。

「昔、公務で町長様のお屋敷を訪れた貴族が、こっそり持ち帰ろうと腕輪をはめて隠したそうなのです。しかし数分も経《た》たぬ間に衰弱し、苦しみの中息絶えた――と。《証》は、森の力とエルフの力を凝縮した結晶ですから」

「い、息……絶えた……？　あは」

お……おいいいいいいいいいいいいいいいいい！

そんな物騒なもん何食わぬ顔で渡すなよ！

いや助かったけど！　でもせめて一言説明してくれ！

何かあったらどうするんだ！！！

エルルもフリーズしちゃっただろ！

「そ、そうなんですか。教えてくださってありがとうございます。……とはいえ、俺たちは普通の旅人でして。ここへは物資の調達と観光で来ているだけなんです」

「た、旅人……⁉　そのような力を持ちながら旅人とはいったいなぜ……」

「……あはは。まあ、こうして自由に世界を見て回るのが夢だったんですよ。ですからどうか、普通の旅人として接してください」

うーん、《証》がないのも多分困るけど、あったらあったで……。

なんか周囲のエルフたちも、俺たちのことめちゃくちゃ気にしてるし！

「……分かりました。でしたら、せっかくですしうちの料理を食べていってください。もちろんお代はいりません。《証》持ちの方に食べていただけたとなれば、それだけで箔《はく》がつきますから」

「オススメはフィシュの実のカルラケだよ！」

俺たちのやり取りを聞いて料理を勧めてもいいと判断したのか、リエルは笑顔で屋台前に貼られたイラストを指差した。

そこには、カップに入った何かに串《くし》がささったものが描かれている。

「おいリエル、よりによってそんな庶民的なもの――」

「……あの、カルラケってどんな料理なんですか？」

「お兄さんカルラケ知らないの⁉　ほかの町にはないのかな……。フィシュの実を切って味つけして、じゃがいもから作った粉をつけて油で揚げた食べ物だよ」

なるほど、つまり白身魚のから揚げってことか。うまそう！

「じゃあそれを二つ。あ、お金はちゃんと払います。むしろ払わせてください」

「――そ、そうですか？　ではせめて、おまけとして一つずつ増量させてください。合計６００ボックルいただきます」

男性はそう言って、揚げたてのカルラケが入ったカップを二つ手渡してくれた。

カップの中から、ジュゥゥゥ！　とおいしそうな音が聞こえてくる。

というかちょっと待て。この匂いって――。

「うちのカルラケは絶品だよ！」

「熱いので気をつけてお召し上がりください」

カルラケが入ったカップには、屋台前に描かれているイラスト通り竹串が一本刺さっている。

これで刺して食べろということなのだろう。

この世界にも竹があるんだな……。

――じゃなくて！

この独特の匂いってもしかして――。

「…………」

「！　わあ、おいしい！　食べたことない不思議な味がする。でも、このフィシュの実にすごく合ってるね！　調理法も新鮮！」

「ねっ、おいしいでしょ？　ユグドル町はハーブやスパイスがたくさん採れるから、各家庭にオリジナルの調合レシピがあるのよ。学校でも習うしね！」

そういえば、エルミア様が出してくれた料理にもハーブがふんだんに使われていたな。

だが俺にとってこの味は、うまいか否か以上の特別な価値があるものだった。

――カレーだ。これ、カレー味の唐揚げだ！

馴染《なじ》み深い家庭の味でありながら、どこまでも奥深い魅惑の味。

第二の人生では食べられなかった、第一の人生の思い出の味の一つ。

久々に味わう懐かしいカレーの味と香りに、思わず涙がにじんだ。

――不思議なもんだな。

思い出すのは、子どものころ親が作ってくれたごく普通のカレーと、社会人になってからうんざりするほど食べたレトルトカレーがほとんどなのに。

なんてことない日常のワンシーンだったはずなのに――。

「あ、あの、お口に合いませんでしたでしょうか……？」

「お兄さん、もしかして辛いの苦手？　でもそこまでは辛くないと思うけど……」

「い、いえ、そうじゃないんです。すみません。すごくおいしいです」

「……そうですか？　それならいいのですが」

男性もリエルもエルルも、心配そうにこちらを見ている。

いい歳してこんなことで涙が出るなんて。心配させて申し訳ない……。

「……あの、このスパイスってどこかで買えますか？」

「調合済みのスパイスですか？　これはうちで調合したものですが、似たものならフォーレス商店街のあちこちで売られていますよ。よろしければお分けしましょうか？」

「いいんですか？　お願いします！」

俺の言葉に男性は柔らかな笑みを浮かべ、「少々お待ちください」と木の上の家へ入っていった。

そして戻ってきたと思ったら、コルクの栓がついた透明のガラス瓶を渡してくれた。

中にはカレー粉のような見た目のスパイスが入っている。

「こちらがうちで調合したスパイスです。いやはや、《証》持ちのお方にここまで気に入っていただけるとは。これはみんなに自慢しなくては」

「ふふん、私のおかげなんだから感謝してよね！」

リエルは腰に手を当ててふんぞり返っている。

少し気が強く強引なところはあるが、どうやら根は良い子らしい。

この子に会えてよかった。

「そうだな、お手柄だリエル。最初は肝が冷えたが、気さくな方々でよかったよ。お二方、またいつでもお立ち寄りください」

「ありがとうございます。また来ます」

「待ってるからね！」

こうして俺とエルルは、リエルが紹介してくれたカルラケの店を離れて散策を再開——する予定だったのだが。

周囲で俺たちの様子を窺《うかが》っていた商店街のエルフたちが集まってきて、それどころではなくなってしまった。ぐぬぬ。

「あ、アサヒくん、私もう無理……」

「お、俺も……」

歓迎してくれるのは嬉《うれ》しいし、おいしいものを紹介してもらえるのは本当にありがたいけど。

でもさすがにこれ以上食べられない！

その上、食料の調達が必要ないくらいに各店でお土産をもらってしまった。

いくら魔法で文化が発達しているユグドル町でも、【ポータブルハウス】を出すのはまずい気がするし。

女神にもらった【アイテムボックス】があって本当によかった！

結局この日は日が暮れるまで引っ張りだこで、フォーレス商店街の店をあっちこっちしているうちに夜になってしまった。

◇◇◇

「アサヒ様、エルル様、おかえりなさいませ」

「ただいま。――さすがに疲れたな」

フォーレス商店街に店を構えるエルフたちに引っ張り回され、ホテルへ戻るころにはもう完全に日が落ちていた。

ホテルまでの道は、宙に浮く不思議な灯《あか》り、それから道の際に生えている水晶のような鉱石で美しくライトアップされていた。

そのため道に迷うことはなかったが、俺もエルルも部屋へ着くなりボフッとベッドへ倒れ込んだ。程よい弾力に包まれるこの感じ、癒される……。

「お食事はいかがなさいますか？」

「――あ、すみません。おなかいっぱいで……」

「承知いたしました。お風呂《ふろ》の準備が整っております。ごゆっくりおくつろぎくださいませ。着替えはクローゼットに用意しております」

メイドのフィンはそう言って一礼し、部屋を出ていった。

精霊たちはまだ観光を楽しんでいるらしく、今はエルルと完全に二人きりだ。

二人きり……か。

昨日は寝る間際まで精霊たちが騒いでいたから何も思わなかったけど。

さすがに完全に俺とエルルだけだとちょっと緊張するな。

エルルは俺みたいな男と二人なんて嫌じゃないだろうか？

「――お、お風呂、先に入っていいよ」

「えっ？　ううん、アサヒくんが先で大丈夫だよ」

「でも昨日も俺が先だったし、いつも先なのはなんか悪いというか」

「……その、私が先なのは、なんか恥ずかしいし抵抗があるかも」

エルルは真っ赤になって、視線を逸《そ》らしながら小声でそうつぶやく。

ベッドに座り、自分の尻尾《しっぽ》を抱いてもふもふソワソワしている。

な、なるほど⁉

たしかにエルルが先の場合、そのお湯に俺が入ることに――って何考えてるんだ俺は！

「ご、ごめん。別に変な意図はなくてだな……」

「も、もう！　そういうこと言わなくていいから！　分かってるから入って！」

「すみませんお先に失礼します……」

――はあ。やってしまった。

そうだよな、エルルも女の子だし、あれくらいの子って一番多感なときだもんな。

……女の子、か。

正直、俺は女性があまり得意じゃない。どちらかと言うと苦手だ。

第一の人生では、見向きもされなかったうえ、用事があって話しかけただけで「気があるんじゃない？」「いやらしい目で見られた」などと噂《うわさ》をされてげんなりした。

第二の人生では、俺が貴族の息子で幼少期から魔王討伐候補と注目されていたこともあり、金や地位目当ての女性ばかりが集まってきて大変だった。

そのときに垣間《かいま》見《み》た女性同士のドロドロとした攻防戦は、今でもトラウマだ。

エルルはそういう、勝手に俺を巻き込んでトラブルを発生させる女性たちとは違うと思うし、良い子なのは接していれば分かるから一緒にいて楽しくはあるけど。

でもだからといって、俺が女性慣れしていない事実は変わらない。

――本当はエルルにも、湯舟の花が一番綺麗《きれい》なときに入ってほしかったんだけど。

まあそんな理由で強要するのもおかしな話だしな。まあいいか。

精霊たち、早く帰ってこないかな……。

そんなことを考えながらシャワーを浴びていたら、突然頭からお湯をかけられた。

「は⁉　なっ――⁉」

『まったくもう！　せっかく気を利かせて遅くまで外にいてあげたのに、どうしてこんなところでため息ついてるかなー』

『アサヒは本当、すごいのにたまにどうしようもなくぽんこつですわよね』

気がつくと、風呂場に精霊たちが集結していた。いつの間に！

というか風呂にまで入ってくるなよ！

ユグドル町に来てから、どうも精霊たちの気配が掴《つか》みづらい。

言うなら、ずっと同じ匂いのする場所にいると、その匂いを感じなくなるあの感覚に似ている。

『でもエルルちゃんもきっと、そんなアサヒくんのこと、何だかんだで嫌いじゃないんだと思うわよ～。いいわね～青春で。うふふ』

『アサヒさんはその……優しい、ですから……。たまに空回るのも、きっとそのせいで……』

シャインとウィンがフォローしてくれた。優しい。

『……なるほど、この花を綺麗な姿でエルルに見せたかったんだね』

『そうなの⁉　アサヒってけっこうロマンチスト！』

「うるせえよ。ほら、俺はもうあがるからおまえらも早く出ろ」

『あれ、お風呂には浸《つ》からないの？　ねえねえ、もしかしてアサヒも気にしてる？』

「やかましいわ！　俺はシャワー派なんだよ！」

くそっ。誰だよ「精霊たち、早く帰ってこないかな……」なんて思ったヤツ！


「お風呂あがったよ」

「おかえりなさい。……さっきはごめんね。せっかく気を遣ってくれたのに」

部屋へ戻ると、エルルはベッドで申し訳なさそうにしょんぼりしていた。

一人になったことで冷静さを取り戻したのかもしれない。

「いや、俺の方こそごめんな。実は、女の子と行動を共にしたことってあまりなくてさ。だから嫌なことがあったら遠慮なく言ってくれ」

「そう、なの？　アサヒくんくらい優しくて優秀だったら、すごくモテそうなのに」

「あはは、ありがとな。でも本当に、女性にいい思い出はあまりないんだ」

俺、十五歳の少女に何を打ち明けてるんだろう？

そんなこと言われても困るだろ……。

そう思ったが。

エルルは嫌な顔一つせず、むしろ少しほっとした様子で微笑《ほほえ》んでくれた。

「……そっかあ。ふふ、なんかちょっとだけアサヒくんが近くなった気がする。アサヒくん何でもできちゃうから、弱点とか欠点とかないんだろうなって思ってたから」

「いやいや、そんな超人じゃないよ俺」

なぜ嬉しそうなのかは分からないが、エルルはふわっと表情を溶かす。

そんな彼女の横顔を見て、俺も肩の力が抜けるのを感じた。

「――じゃあ、私もお風呂入ってくるね。覗《のぞ》いちゃだめだよ♪」

「覗かねえよ！」

「ふふ、知ってる～♡」

エルルは楽しそうにこちらに笑顔を向け、それからお風呂場へと向かっていった。

揺れる尻尾が、パタパタと機嫌の良さを表している。

――さて、今のうちにレポートでも書くか。

今日もいろんなことがあったしな。

そういやフォーレス商店街でもらった食材を整理しないと、まだ【アイテムボックス】につっこんだままだった……。

俺はいったん【ポータブルハウス】へインハウスし、冷蔵庫に食材を入れ直した。

ちなみに【アイテムボックス】は、時間の流れがかなり緩やかにはなるが、今のところ時間を止められるわけではないらしい。

試しに入れていた冷凍フルーツは溶けてしまっていた。

「うーん。【アイテムボックス】も、レベルが上がれば時間が止まったり容量が増えたりするのかな。いつでも【ポータブルハウス】が使えるわけじゃないし、せめて一日冷凍フルーツが溶けないくらいのスペックがほしい……」

そんなことを考えながらパソコンを開くと、いつの間にか画面上に検索バーが追加されていた。

先日【神の援助】のレベルを上げたことで増えたのかもしれない。

全然気づかなかった……。

「何が検索できるんだろ？　とりあえず今一番知りたいのは――」

俺は試しに、「アイテムボックス　機能」と打ち込んでみた。すると。

＊＊＊＊＊
【アイテムボックス】（レベル１）
異空間に持ち物を収納できる、希少なアイテム。
ただし、生きたままの生物《せいぶつ》を入れることはできない。
内部の時間の流れ：外の世界の十分の一程度
耐荷重：１００キロ
広さ：【ポータブルハウス】と同程度
＊＊＊＊＊

お、おおおおおおおおおおお！

これはすごい！

ようやくアイテムの詳細が分かるようになったあぁぁぁぁ！！！

広さが【ポータブルハウス】と連動していたとは知らなかった。

広いのか狭いのか微妙なラインだな。まあまだ【アイテムボックス】はレベル1だし、仕方ないか。

……いや、待てよ。

いくら【神の援助】のレベルを上げたとはいえ、検索できる内容の範囲によってはレベルに見合わないチート機能な気がする。いってもまだレベル2だし。

「もしかして、転生時に説明しなかった埋め合わせとして実装されたとか？　あの女神なら、しれっとやりかねないいんだよなあ……」

だとしたら、あのとき教えてもらえなかったのは逆にラッキーだったかもしれない。

まあここまで手探りすぎて大変ではあったけど！

何をどこまで教えてくれるのかは分からないけど、頼りにしてるぞ。

でもまずは、アイテムとスキルの確認だな！

今日の分のレポートを書いて送信し、俺は検索機能で自分に何ができるのかを検索しまくった。

薄々思っていたとおり、パソコンや靴、布袋などの【ポータブルハウス】に置いてあったものは、部屋の付属品ではなく【神の援助】の一部だったらしい。

それから言語翻訳と、あのモザイクのかかっている謎の身分証も。

――そうか、言語翻訳は【レイヤー透過】の一部じゃなくて【神の援助】だったのか。

身分証に関しては、あれがなければ魔法書を買うこともできなかった。大いに助けられていると言っていいだろう。

モザイク部分がこの世界の住人にどう見えているのかは知らないけど！

「――へえ、レポートとポイント、Ｐショップも【神の援助】の一部だったのか。まあたしかに、得られるアイテムはこの世界のものじゃないもんな」

どうやらこれらは、パソコンを与えられた者にのみ発生する、個別の特別クエストと報酬という位置づけらしかった。

説明欄には、「やるもやらないも自由ですが、やるといいことがあります」と書かれている。

「お風呂あがったよ～！　何してるの？　お仕事？」

「ああ、うん。でももう終わったから大丈夫」

「そっか、お疲れさま。それにしてもここのお風呂すごいよね。いっつもお花がたくさん浮いてるんだもん。お姫様になった気分だよ」

お風呂あがりなこともあり、普段は子どもっぽさを強く感じさせるエルルも、どこか艶《つや》っぽくほわほわしている。

エルルは顔立ちも整っていて可愛いし、スタイルもいいし、性格もいい。

やっぱりモテるんだろうな……。

俺も第一の人生で今くらいの歳に出会っていたら、好きになってたかもしれない。

「……アサヒくん？」

「ん？　ああ、ごめん。すごいよな。さすがユグドル町が誇るホテルだ」

「ね。でもこんなにすごいホテルを用意されちゃったら、ビスマ村でアサヒくんをどうおもてなししていいか分からないな」

エルルは困ったように笑う。

エルルの話を聞く限り、ビスマ村はウェスタ町よりも小さく、いろいろと未発達な部分が多いところなのだと思われる。

――クレセント王国の最西端にある獣人の村――か。

いったいどんなところなんだろう？

「おもてなしなんてしなくていいよ。そういうのより、俺はただの旅人として、ありのままの文化を見たいし感じたい」

「そっか。気に入ってくれたらいいな。ビスマ村にはいろんな獣人がいるから、村全体っていうよりは動物の種類によって、そして各家庭によって文化が違うんだー」

エルルはベッドに仰向《あおむ》けに寝転がり、遠くを見つめるように天井を見上げる。

ビスマ村に思いを馳《は》せているのかもしれない。

ユグドル町を出て、そこからもう一つ森を抜ければビスマ村に着く。

セインのおかげで森をショートカットできた結果だけど、思いのほか早く着きそうでよかった。

「――ビスマ村に着いたら、菜の花料理が食べたいな」

「ええ？　いいけど、あれ苦いよ？」

「あはは。ああいうのは苦さを楽しむもんだろ。エルルもそのうち分かるよ」

「ええー。そうかな……」

そんな他愛《たわい》もない話をして、精霊たちが横でわいわい話しているのをスルーしているうちに、俺は気づけば眠りに落ちていた。

◇◇◇

「アサヒ様、エルル様、おはようございます」

「――んん。ああ、フィンさん。おはようございます？」

「お、おはようございます？　もう朝ですか？」

翌朝、俺とエルルはメイドのフィンによって起こされた。

起こされたと言っても、部屋に置かれている時計の針は十一時を指している。

「お休みのところ起こしてしまい、大変申し訳ありません。当ホテルの最上階にあるカフェスペースで町長様がお待ちです」

フィンによると、このホテルの最上階には、選ばれた者だけが入ることを許される会員制のカフェがあるらしい。

例の大木でできたエレベーターで最上階へ上がると、そこは壁が360度ガラス張りの絶景スポットになっていた。

エレベーターとして使われている大木は、このフロアの天井近くで終わっていて。天井に広がる枝には、艶やかで美しい葉を茂らせている。

「アサヒ、エルル、こっちだ！」

俺たちの姿を見つけたエルミア様が、席から立って手を振っている。

というかここ、貸し切り状態じゃねえか。

最初はクールビューティーすぎて畏怖《いふ》すら感じていたエルミア様とも、今ではすっかり打ち解け仲良くなってしまった。

本当に、手土産をくれたセインには感謝してもしきれない。

俺とエルルが席に着くと、店員が紅茶と焼き菓子を持ってきてくれた。

「二人とも、朝ごはんはもう食べたのか？」

「いえ、すみません起きたばっかりで……」

「なんと、起こしてしまったのか。すまない。――この二人にも、妾《わらわ》が食べたものと同じ朝食を用意してくれ」

エルミア様は店員にそう伝えると、ティーカップを手に取り口をつけた。

「アサヒがくれた《森の奇跡》のおかげで、この春は信じられないくらい豊作になりそうだ。作物の質もとてもいいし、心なしか周囲の木々や草花まで輝きが増しているような気がする」

「それはよかったです。お役に立てて俺も嬉《うれ》しいですよ」

俺とエルルも、かなりの好待遇で迎えてもらってるしな。

エルミア様がくれた《証》のおかげで、昨日も町から追い出されずに済んだ。

まあ歓迎されすぎてちょっと困ったけど。

「アサヒはいつまでこの町に滞在する予定なんだ？　もちろん、妾としてはいつまでだっていてくれてかまわないが」

「特には決めてませんが、あと数日で出発しようかなと。フォーレス商店街も一通り見て回れましたし、買い物も観光も楽しめましたので」

エルルも早くビスマ村へ行きたいだろうしな。

「そうか、できればもっと話をしたかったが……。また近くを通った際には、ぜひとも顔を見せてくれ。その《証》を見せれば、二人を邪険に扱う者はいないだろう」

「ありがとうございます。……そういえばこの《証》って、加護スキルを特別な力として変換できる魔法具なんですよね？　具体的にはどんな力なんでしょうか」

次の森にセインはいないし、自分に何ができるのか知っておきたい。

まあ精霊たちは引き続き同行してくれるらしいし、俺もそれなりには戦えるつもりでいるし、恐らく大丈夫だろうとは思うけど。

——そういえば、植物魔法も覚えておきたいな。何かと便利そうだし。

ユグドル町にも魔法書が売られている本屋があるのだろうか？

「どんな力が発現するかは、妾にも分からない。その者が持つ加護スキルの種類や強度によるのだ。発動条件もさまざまだが、その時になったら分かるはず。安心して身につけておくといい」

「そう、ですか。分かりました」

その時ってどの時だろう？

まあでも、元々なかったものだしお守りくらいに思っておけばいいか……。

「――そうだ、せっかくこの町に来たのだ。魔法具店へ寄っていってはどうだ？　ここでしか手に入らない魔法具もたくさんあるからな」

魔法具店だと⁉　それは気になる！

「ぜひ行ってみたいです！」


朝食のあと、俺はエルミア様に紹介してもらった魔法具店へ行くことにした。

エルミア様は自分も行きたいと秘書らしき男に抗議していたが、今日の予定を読み上げられて泣く泣く断念したようだ。町長も大変そうだな。

「――こっちって何もない森の奥へ続く道だけど、大丈夫だよな？」

「地図では合ってるし、きっと大丈夫、じゃないかなあ？」

地図によると、その魔法具店は蝶《ちょう》のような形の外にあるようだった。

何とも言えない不安に駆られながら、道と言えないような道を進むこと約一時間。

『――ねえ、ここじゃない？　なんかあるよ！』
『これは――洞窟《どうくつ》だね？』
高くそびえる崖《がけ》の、木々に隠れた場所。
そこに穴があいており、「アングラ魔法具店」という文字が刻まれている。
いやいやいやいやいや。
名前も何もかも怪しすぎるだろ！
しかも穴の中は真っ暗で、灯りの一つも灯《とも》っていない。
よく見ると、どうやら階段があり地下へ続いているようだ。
「ね、ねえ、ここに入るの？　本当に大丈夫かな……」
「うーん。でもエルミア様も通ってる店らしいし、とにかく行ってみよう」
光魔法で周囲を照らしながら先へ進むと、そこには古びた木の扉があった。
ホラー映画なら絶対開けちゃいけないやつ！
まあ開けるけどな！
ギギギギギギ……。
扉を引くと、軋《きし》むような音とともに開いていく。
いったいどんな店なんだ？
やばい場所だったら即刻Uターンしよう。
「す、すみませ――」

「いらっしゃーい！」

「⁉　――は？」

「えっ――？」

軋む扉の先にいたのは、なんと黄緑色のふわふわしたセミロングの髪を持つ少女――というよりもはや幼女だった。

「え、ええと……お店の人はいるかな」

「おや？　見かけない顔だな。しかも人間と獣人？　いったいどうやってここを――ってああああああああああああ！　そ、それは！」

「えっ？　あの……え？」

たじろぐ俺とエルルにグイグイと近寄ってくる幼女は、俺とエルルがつけている《証》をキラキラとした目でガン見している。

な、何なんだこの子どもはあああああ！

「それは《証》じゃないか！　せっかく作ったのに、ここ最近全然使ってもらえなくてさあ。本当やきもきしてたんだ。ついにエルミアちゃんが認める人間が現れたんだね！　いやーよかったよかった！　おめでとう諸君！」

「つ、作った？　これ、君が作ったのか？」

満足げな表情を浮かべて俺をバシバシ叩《たた》いてくる幼女の言葉に、驚きと戸惑いを隠せない。

しかも、エルミア様のことを「エルミアちゃん」だと⁉

「さあさあ、中に入りたまえ人間。今日は何をお探しかな？」

俺とエルルを店の中へ押し込み、扉を閉めてにんまりとこちらを見る。

退路を断たれてしまった……。

「えーっと……エルミア様にオススメされて、それで来てみたんだけど……」

「なるほどなるほど。うちはユグドル町の中でも随一の魔法具店として、アレゼール家からお墨付きをもらってるんだ。それにしても、よくここまでたどり着けたね？」

幼女は何かを探るように、舐《な》めるようにじろじろとこちらを見てくる。

幼い容姿や声色とは裏腹に、只者《ただもの》ではないオーラをひしひしと感じた。

エルルは怯《おび》えて、俺の陰に隠れてしまった。

「——え、エルミア様に地図をもらったんだよ。ほらこれ」

「地図？　——っふ。ははは。エルミアちゃんもやるなあ。この店はね、地図なんかじゃたどり着けないんだよ。そういう仕掛けが施してあるからね♪」

少女はそう言って、道具の合間を奥へと進んでいった。

店内は、棚やテーブルはもちろん、床にまで所狭しと豊富なアイテムが並べられている。

また、天井には様々なドライハーブも吊《つ》るされていた。

「こちらで話をしよう。あたしはアングラ魔法具店の店主、グラリア・ガラドミアだ。グラリアと呼ぶといい。どうぞこちらへ」

グラリアと名乗った幼女に案内され、俺とエルルは店の奥の唯一物が置かれていない小さな接客用スペースへと向かう。

接客用スペースにはちょうど三人座れるだけのソファと小さなテーブルが置かれていて、俺たちはそこで話をすることになった。

「――アサヒとエルルか。ふうん？　へえ～？」

「あ、あのなあ、あまり年上をからかうんじゃ――」

「年上？　あたしは少なくとも千五百年以上は生きているれっきとした大人だぞ？」

「すみませんでした続けてください」

年齢の次元が違いすぎて、もはや何も言葉が出てこない！

これはあれか、俗に言うロリババ――。

「……む？　今何か失礼なことを思わなかったか？」

「い、いや？　気のせいだろ。はは」

「……まあよい。それにしても、よくこんなレア度の高い人を二人も見つけたものだな。今度会った際には褒めてやらねば。ふふ♡」

そんな獲物を狩るようなにんまり顔で人を見るな！

「――それで？　アサヒとエルルは、何か欲しいものはないのか？」

「欲しいものか……。せっかくなら、ここでしか手に入らないものがいいな」

「ふむふむ、なるほどなるほど……」

グラリアはしばらくあれこれ考えていたが、何か思いついたらしい。

作業机の引き出しをごそごそし始めた。

「あったー！　アサヒ、これを使ってみないか？」

グラリアは、引き出しから取り出した木箱をテーブルの上に置く。

蓋《ふた》を開けると、中には羊皮紙のような特別な紙と万年筆、それから美しい装飾が施された蝋燭《ろうそく》が一本入っていた。

「これはな、超強力な召喚魔法セットだ」

「超強力な召喚魔法セット」

なるほど分からん。こんなものでいったいどうやって召喚するのか……。

「この召喚魔法セットは、会ったことがある相手ならどんなに遠くにいても呼び寄せることができる。ただし既に死んでいる相手には使えないし、召喚できるのは一人だけだ。滞在させられる時間は長くて十分程度」

つまりほかの要素を極限まで削り、召喚力に全振りした魔法具ということらしい。

転移魔法を扱える魔法師は非常に限られているため、たまに王族や貴族、国軍などが緊急事態に備えて買っていくと教えてくれた。

「旅人なら遠方の知り合いも多いのだろう？　一つやるから、何か助けが必要になったときにでも使うといい。そしてぜひとも！　ぜひとも使った感想を教えてくれ！　誰を召喚したのかも！」

グラリアは祈るように手を前へ組み、目をキラキラ——というよりギラギラさせながらこちらを見つめる。圧がすごい。

俺が誰を呼ぶか、どういう使い方をしたか、そんなに気になるのだろうか？

正直、呼びたい相手自体が浮かばないんだが……。

「わ、分かったよ。使った際には報告する。ありがとな」

「うむ。ほかにもいくつか見繕ってやろう」

「あの、俺そんなに資金があるわけでは……」

「お代は不要だ。《証》持ちの人間を見られた記念にサービスしてやろう」

ええ……。

この召喚セットだけでもかなり値が張りそうなのに大丈夫か？

それなら俺からも何か……。

「――あ、そうだ。ならこれを」

「うん？」

「森で見つけたシュガーツリーの枝だよ。葉っぱが砂糖みたいに甘いんだ」

「シュガーツリー⁉　本物か⁉　こ、こんな貴重なもの――――！」

どうやらシュガーツリーは、実だけじゃなくて存在そのものがレアらしい。

「はわああああああ！　甘い！　おいしい！」

葉っぱから滴る雫《しずく》を舐め、感嘆の声を上げる。

かなり時間が経ってるのに、まだこんなにみずみずしいのか。すごいな。

「ありがとな、アサヒ。これはたっぷりサービスしなくては！」

グラリアは、最上級の回復薬、魔石から作られた《力の欠片《かけら》》、魔力が編み込まれた頑丈で美しい布などをたくさんプレゼントしてくれた。

ちなみに《力の欠片》は、一定期間魔力を強化してくれるものらしい。

「こんなにもらっていいのか？」

「もちろん。シュガーツリーのお礼としては少なすぎるくらいだよ」

シュガーツリー、本当に希少価値の高いものなんだな。

セインなら言えばいくらでもくれそうだけど、でもだからこそ、価値を守るためにもあまり安易に渡さないようにしなくては。

俺がシュガーツリーを持ってるって噂になっても困るしな！

「いやあ、久々に《証》持ちの人間に会えて、話ができて嬉《うれ》しかったよ。ありがとう。アサヒたちならきっとまたたどり着けるだろうから、いつでもおいで」

「こちらこそありがとう。来てよかった。またユグドル町へ来た際には寄らせてもらうよ」

「ありがとうございます。私も、この魔法具を作った方に会えて嬉しかったです」

ここには『植物魔法①～初級～』なんてなさそうだし、魔法書はまたの機会でいいか。

でもおかげで素晴らしい魔法具が手に入ったぞ！

「それじゃあ、ご来店ありがとうございました。また会えるのを楽しみにしているぞ！」

大きく手を振るグラリアに見送られ、俺たちはアングラ魔法具店をあとにした。

「――それじゃあアサヒ、エルル、道中気をつけるんだぞ」

「はい。ありがとうございます。また来ますね」

「エルミア様、ありがとうございました」

アングラ雑貨店に行った日から三日後、買い物も観光も楽しんで満足した俺たちは、ユグドル町を出ることにした。

『ユグドル町、楽しかったねー！』

『エルフの森、ドロップスが管理する森とはまた違う空気だけど、あれはあれで悪くないね。ずっとだと疲れそうだけど』

『例えるならスイーツってところかしら？』

『それだ！　さすがアクア、的確な表現だよ』

精霊たちは、ユグドル町に満ちていた力を「スイーツのような力だった」と評価して盛り上がっていた。

正直よく分からないが、楽しかったのならよかった。

「この先の森を抜けたら、いよいよビスマ村なんだな」

「う、うん。ちょっと緊張してきた……」

「五年ぶりの故郷だもんな。緊張するのも分かるよ」

「……ありがとう。アサヒくんがいてくれてよかったよ～」

俺たちはそんな話をしながら森へ向かって歩いていたのだが。

森の少し手前で、兵士らしき男に声をかけられた。

「ここから先は立ち入り禁止だ。今すぐここを離れなさい」

「え？　いやでも、森の通行は自由なはずじゃ……」

「普段はな。でも今はダメだ。魔獣が出た。それにそもそも、そんな軽装で、しかも女を連れて森を越えられるわけがないだろう。まったくこれだから若いやつは……。ほら、行った行った！」

男はぶつぶつと文句を言いながら、俺とエルルに早急に去るよう命じた。

魔獣って、たしか空気が淀《よど》んだ場所に出現するんだったよな？

何かあったのだろうか……。

前世の俺なら、こうした緊急時に出ていけば歓迎されもてはやされたものだが。

今の俺は、貴族でも兵士でもないただの旅人だ。

当然、強行突破する権限など持ち合わせていない。

「森を通れないとなると、あとは山を行くしかないな……。出直すか？」

「……そう、だね。仕方ないよね」

エルルは森を気にしつつ、少ししょんぼりしつつも納得してくれた。

山は、森よりもさらに危険度が上がる。

――俺が出しゃばる場面じゃないんだろうけど。分かってはいるけど。

でも、このまま帰って大丈夫かな……。

この世界の魔獣がどの程度の強さなのかは分からないが、森の入り口付近に負傷した兵士たちが何人も運ばれてきているのが見える。

もし魔獣が森の外へ出てしまったら――。

「……あ、アサヒくん、ビスマ村のみんなは大丈夫だよね？　魔獣に襲われたり、してないよね？　どうしよう？　私、どうしたら――」

けが人の存在に気づいたエルルは、恐怖に表情を凍らせてガクガクと震えている。

エルルは戦闘訓練を受けていない、実戦経験もないただの女の子だ。

しかも、過去に森で両親を亡くしている。怖いのも無理はない。

――どうにかならないか？

俺がこっそり現場へ向かえれば、多少は戦力になれると思うんだけど。

というか、ドロップスは何をしてるんだろう？

……さっきもらった召喚魔法セットでセインを召喚する？

いやでも、それだと東の森の管理に支障が出るかもしれない。

セインが、ドロップスは自身の持ち場である森を離れられないと言っていた。

精霊――ではちょっと心もとないか。

そもそも精霊で解決できるなら、あの森にいる精霊たちがどうにかしているはずだ。

「え、エルミア様を呼びに行く？」

「いや、相手の強さも数も分からないのにそれはできないよ。くそっ——せめて俺に鑑定スキルがあれば、魔獣の力量や数から対策を考えられるのに。————あ」

「？　何かいい案があるの？」

いい案、ある。あるわ。

あの召喚セット、相手が死んでさえいなければどんなに遠方の相手でも呼べるんだよな？

もしそれが本当なら。

それならめちゃくちゃいい人材がいるじゃねえか！

俺は兵士たちに見られないよう少し離れ、アングラ魔法具店でもらった召喚セットを開封し、羊皮紙と万年筆を取り出す。

これに自分の名前と召喚したい者の名前を書いて、木箱にもどして蓋をし、付属の蝋燭で燃やすことで召喚できるシステムらしい。

木の箱には、魔法陣、それから魔法に必要な詠唱が文字として刻まれている。

——なるほど。これはすごい技術だな。

俺はグラリアから聞いたとおりに召喚の準備を進め、羊皮紙を木箱へ戻そうとした。

が、そこで指輪が凄《すさ》まじい光を放ち始める。

な、何事だ……？

指輪の光は強く細い線となり、羊皮紙に何やら謎の文字を焼きつけていく。

その文字は女神にもらった【神の援助】の範囲外なのか、俺でも読むことのできない、見たこともないものだった。

「い、今の光、何？」

「分からない。指輪が勝手に……」

これ、何て書かれたんだ？　燃やして大丈夫だよな？

正直どうするべきかと躊躇《ためら》いもあったが、魔法具についてエルミア様が「その時になったら分かる」と言っていたし、これからこの見たことのない文字を解読している暇はない。

万が一ビスマ村に被害があったら――。

それに、兵士たちにだって家族がいる。目の前で無駄な死者は出したくなかった。

――やるしかない、か。

俺は念のためグラリアにもらった《力の欠片》を使って魔力をブーストさせ、それから付属の蝋燭で羊皮紙を入れた木箱に火をつけた。

火は宙に魔法陣を描きながら勢いを増していく。

そして、柱状の強い閃光《せんこう》が空へ向けて放たれて――！

「………へ？　え？」

「よっし！　成功したあああああああああああ！」

「だ、誰……?」

エルルと精霊たちは、目の前に現れた見知らぬ女性にぽかんとしている。

「…………え? えっと、これはどういうことです? ここは? あなたはええと——ライズ……じゃなかった、アサヒさん?」

「久しぶりだなフィーナ。悪いけど、細かいことを説明してる時間はないんだ。ここはフィーナが俺を送った先の、クレセント王国の中だよ」

「え? は? 冗談でしょ? いやいやいやいやいや、私女神ですよ? 下界にこんな簡単に呼び寄せられるなんてそんなわけ——」

女神フィーナは混乱し、目を回しそうになっている。

人を送ることはあっても、自分が送られたことはないのだろう。可哀想《かわいそう》に。

「フィーナ、あの森に魔獣が出たらしいんだ。魔獣がいる場所の近くまで俺を送ってくれ」

「え? いやいやですから、下界に干渉するのはご法度でして……」

「じゃあ見殺しにするのか? ほらあれ、兵士たちにけが人が出てる。それに、この先にあるビスマ村だって危ないかもしれない。そこにいる少女の故郷なんだ」

「……そ、そんなあ」

フィーナはこれでも女神だ。

それに、これまでのあれこれで流されやすいことが分かっている。

俺の予想通り、兵士やエルルを見ておろおろし始めた。

単純に、突然召喚されて混乱気味なのもあるかもしれないが。

「――というか！　アサヒさんが自分で行けばいいじゃないですか！　魔王を倒したんだから、あんな魔獣くらい一瞬でしょ⁉」

「今の俺はただの旅人だし、兵士たちに止められてるのに強行突破なんてできないんだよ。行ったことない場所だから【地図帳】の転移も使えないし、この先の人生だってある。ごほうび転生させた元勇者が、犯罪者になって追われてもいいのか？」

兵士だって、良いヤツばかりじゃない。

自分たちの手柄を横取りされたと、あることないこと吹聴するヤツだっている。

そんなことをされれば、ただの平民である俺の命なんてあっという間に消されてしまう。

――まあそうやすやすと消されてはやらないけど。

でも、この先そんな生きにくい場所で生きていくなんてごめんだ。

「もおおおおう！　分かりましたよ！　これはあれです、【神の援助】の一環です。アサヒさんが【神の援助】にポイントを全振りして、何やかんやして、その結果私が力を貸すことになったんです。分かりましたね⁉」

「ああ、分かったよ」

何やかんやってなんだよ。いいのかそれで。

「あ、あの、アサヒくん？　えっと……？」

『ねえアサヒ、い、今の話って本当なの？　というかじゃあ、そのお方ってもしかして……』

エルルはもちろん、いつも明るく元気なフラムも、ほかの精霊たちも、まさかの展開に相当うろたえている。そりゃそうか。

「悪いな。ちょっと行ってくる。数分で戻るよ。エルルを頼んだ！」

「えっ？　頼んだって誰に⁉　ち、ちょっとアサヒくん！　置いていかな――」

フィーナは俺を連れて、魔獣が暴れている付近へと転移した。

フィーナを頼れる制限時間は約十分。

魔獣は全部で三体いて、兵士や魔法師が必死で食い止めている。

「俺の姿、消せるか？」

「まあそれくらいはできますけど……。はあ」

女神に姿を消してもらい、俺は魔獣を片っ端から討伐した。

対魔獣用の戦闘訓練は、前世で嫌というほど受けている。

それに精霊たちの力のおかげで、修得した属性の魔法も使い放題だ。

魔獣の強さは前世と比べれば大したことはなく、周囲にいる兵士へ気を配りながらの討伐でも数分で完了した。

「――ふう、こんなもんか。案外なんてことなかったな」

「さすが、魔王を討伐した元勇者ですね。……恐らく神獣が眠りに入ったタイミングで、人間が何かよからぬ禁術でも使ったんでしょう。神獣は数千年に一度、深い眠りにつくんです。その間は何があっても起きないし、誰も起こすことができないんですよ」

「す、数千年に一度……」

まさかそんなタイミングと重なるなんて……。

「……はあ。仕方ないですね。神獣、一体増やしておきましょう。せっかくのごほうび転生であまり苦労させるのも申し訳ないですし」

女神はそう言って、森へ向かって手をかざす。

するとそこに、真っ白な光に包まれた一羽の鳥が現れた。

「ドロップスってペガサスだけじゃないのか……」

「いろんな子がいますよ。この世界の動物から、適性のある力の強い子を選ぶんです」

鳥は美しく光り輝きながら、森の奥へと羽ばたいていった。

これで当分は森も安泰だろう。

「――あ、そろそろ時間みたいですね。それにしても、まさか私を召喚できるような魔法具を作っちゃうなんて……。まあアサヒさんだからできたんでしょうけど！」

「悪いな。でも助かったよ。ありがとう。――あ、最後に」

「？？？」

「どうせなら俺とエルル、あと精霊たちを森の反対側まで送り届けてから帰ってくれ」

「は……？　はあああああ⁉」

魔獣は討伐したし、一応問題はないはずだが。

それでも徒歩で行けば相当な時間がかかる。

「――まったく、アサヒさんは女神使いが荒すぎます。まあでも今さらですし、いいでしょう。特別ですよ？　あとアサヒさん以外の私に関する記憶は消しておきます。なので女神である私がここへ来たことは内密にお願いしますね！　レポートにも書いちゃだめですよ！」

「ああ、分かった。助かるよ。ありがとな」

◇◇◇

こうして女神は俺とエルル、精霊たちを森の反対側――ビスマ村がある方へと転移させ、元いた神々の世界へと帰っていった。

「――ね、ねえ、ここどこ？　いったい何がどうなったの？　魔獣は？」

『ここって――。ボクたち、まだ森を通ってないはずだけど……』

『えーっ？　どういうこと⁉　ねえアサヒ、あたしたちどうして森を抜けてるの⁉』

『森を通った記憶がまるっとないなんて、そんなのおかしいですわ！』

エルルも精霊たちも、何が起こったのか分からず混乱している。

「さ、さあ？　なんでだろうなー？」

女神の件は秘密のためうまい言い訳が浮かばず、結局「俺にも分からない」「そういうこともあるんじゃないか？」とごり押しして乗り切った。

まあ当然、納得はしてなかったけど！　でも女神に関する記憶が完全に消されていることもあり、それ以上どう追求したらいいのか分からなかったようだ。

シャインとウィンも首をかしげながら、

『ドロップスのおかげかしら～？』

『でも……どうしてそんなことを……？』

『きっと、魔獣に気づいて助けてくれたのよ～』

などと話している。その手があったか！

「でもアサヒくんひどい！　あんなところに私を一人置いていくなんて！」

「あー、いや、それについては本当にごめん」

「私とアサヒくんしかいなかったのに、突然『エルルを頼んだ！』って言って消えちゃうんだもん。セイン様はもういないんだよ？」

エルルは不満げにぷくっと頬を膨らませる。

まあそうだよな。

精霊たちが見えないエルルからしたら、森から距離があったとはいえ、魔獣が出ている中でたった一人置いてきぼりくらったんだもんな。

怒るのも無理ない、か。

「本当に申し訳ない。ついうっかり、誰かいるような気がしてて……」

だいぶ苦しい言い訳だが、精霊たちのことを明かせない以上、これ以外に言えることがない。

エルルは「ええ……」と困惑している。もう本当ごめん！

「もうっ。でも、ここまで連れてきてくれてありがと。……ビスマ村までもう少しだね。まさか戻って来られるなんて思わなかったよ。この調子なら明日には着くんじゃないかな～？」

「ああ、魔獣も無事討伐されたみたいだし、森も抜けられたしよかったよ」

危険な場所さえなければ、エルルや妖精《ようせい》たちと旅をするのは楽しいものだ。

今日は久々に、【ポータブルハウス】で一泊する感じかな。

周囲が草原なら、天気が変わらなければ窓から夜空も見えそうだし、新たな土地で星空を眺めながらのんびり過ごすのもいいかもしれない。

……星空か。そんなことを考えたのはいつ以来だろうな。

空は見上げた先にずっとあるはずなのに、急に視界が開けたような不思議な気分だ。

「天気がいいと、歩くのも気持ちいいよね～」

「ああ、そうだな」

エルルの言葉に、この子も俺と似たようなことを考えていたのかとちょっと嬉《うれ》しくなった。

本当に、前世のことを考えると奇跡のような時間だ。

俺はエルルたちとビスマ村を目指して歩きながら、この小さな幸せを噛《か》みしめた。

＊＊＊＊＊

所持金：４７２万２１９０ボックル

ポイント：３万５１２０ポイント

ＳＩポイント：０ポイント

＊＊＊＊＊

エピローグ

ここは、天界にある女神フィーナの自宅。

「――ふう。まったくひどい目に遭いました。まさか女神である私を下界へ召喚するなんて……。ごほうび転生とはいえ、ちょっと力をあげすぎたかしら？」

アサヒの超強力な召喚によってクレセント王国のユグドル町《まち》近くへ強制的に転移させられたフィーナは、自室へ入るなりベッドへ倒れ込んだ。

本来、神が下界へ直接干渉することはご法度であり、手を貸したことが上にバレれば最低でも始末書の提出は免れない。

一応、前世で多大な功績を残し「ごほうび転生」を果たした人間に対しては、スキル【神の援助】を通してならば一定の干渉が認められているが――。

「あれは、【神の援助】の範囲内――とはなりませんよね。はあ。私の平穏な生活を守るためにも、絶対に隠し通さなきゃ。そもそもあれは事故のようなもので、私のせいではないと思うんですよ。うんうん」

フィーナはそう自分に言い訳し、仰向《あおむ》けになって天を仰いだ。

そして、自らが転生させた人間、アサヒについて改めて考える。

――それにしても……ごほうび転生した先でも人助けなんて、さすがアサヒさんですね。女性との関係を構築するのはあまり得意じゃないのに、ずっと周囲に振り回されて散々な目に遭ってきているはずなのに、お人好《ひとよ》しというかなんというか……。

フィーナはそんなことを考えながらため息をつく。

「でも私、神谷旭《かみやあさひ》時代からぶれないアサヒさんの優しい魂、嫌いじゃないんですよね。本当、不思議な人間……」

期待して力を与えても、その強大な力ゆえに道を踏み外してしまう人は多い。

フィーナ自身も、そうした結果を何度も見てきた。

神は一度下界へ放った人間に干渉はできないため、直接的にその人間を止めることはできず、魂が汚れてしまってもどこかで気づいてくれることを祈るしかないのだ。

そして始末書を書かされる。

でもアサヒは違った。

苦しみ疲れ果てながらも、最後まで役割を放棄しなかった。

神谷旭をライズとして転生させた張本人のフィーナさえ、まさかそこまで実直に魔王討伐に挑んでくれるとはと驚いたくらいだ。

むしろこの人ドMなのかなと若干引いてしまう場面すらあった。

さすが、第一の人生で社畜として使い倒されていただけある。

「――アサヒさん、第三の人生はちゃんと自分も楽しんでくれてるといいなあ……」

ベッドに置かれていたふわふわのクッションを抱き、フィーナはアサヒのことを思いながらゴロゴロと左右に転がった。

◇◇◇

場所は変わって、クレセント王国。

女神の力を借りて森を飛び越え、ビスマ村へ向かう途中の夜。

日も暮れてきたため、程々のところで休憩を取るために一泊しようという話になった俺たちは、久しぶりにみんなで【ポータブルハウス】へインハウスした。

——ユグドル町では、ずっとホテル暮らしだったからな。

レベルアップで2LDKに進化したとはいえ、あのホテルと比べるとまだまだ質素だが……。

それでも実家に戻ったような妙な安心感がある。

自分の家があるって本当に大事なことだ。

第二の人生では長旅が多かったし、年単位で家に戻れないことも多かったよな……。

時折、無性に自分の家のベッドへダイブしたい気持ちに駆られたのを覚えている。

まあ、この【ポータブルハウス】を「家」認定していいのかは悩むところだけど……。

でも一応、俺のプライベート空間として確立しつつあるのは確かだ。

「エルミア様が用意してくれたホテルもすごく豪華でよかったけど、アサヒくんのこのおうちも、これはこれで違うすごさがあるよね」
「たしかに、出し入れ自由な家なんてそうそうないよな」
「それもだけど、変わった道具がいっぱいあるんだもん。しかもすっごく高性能！」
あー、家電のことか！　それはたしかに！
『ねえねえアサヒ、今日は何食べるのー？』
『そろそろおなかがすきましたわ』
リビングでエルルと話をしていると、精霊たちが騒ぎ始めた。
こいつら本当、どこまでも自由だよな。まあいいけど。
精霊たちを見ていると、あれこれ考えてしまう自分が馬鹿らしくなってくる。
「ねえねえ見て、星が綺麗《きれい》だよ。ウェスタ町のみんなは元気かなあ？」
エルルがカーテンを開け、窓から外を眺めてそう言った。
つられて空を見上げると、星が驚くほど美しく瞬いていた。
周囲が真っ暗だと、こういう楽しさがあるよな。
『ねえねえアサヒー、おなかすいたってば！』
『フラム、二人の邪魔しちゃだめだよ』
『今さら二人してそんなに星空を見て、何かありますの？』
『アサヒくんもエルルちゃんも、きっとそういうお年頃なのよ～』
『ち、ちょっと皆さん……そっとしておきましょうよ……』

う、うるせえ……。

こいつらにも、ちょっとくらい情緒やロマンというものを分かってほしい。

エルルを見習え！

でもまあ、星空を眺めながら食事をするのはありかもしれない。

本当なら日本酒か何かがほしいところだけど、エルルもいるし今日はやめておくか。

もし、酔った勢いで何か間違いが起こったら困るしな。

せっかく女神の力で森を越えたのに、そんなところで犯罪者になるのはごめんだ。

まあ俺に限ってそんなことはないと思うけど！

「アサヒくん、ため息ついてどうしたの？　疲れちゃった？」

「ああ、いや、何でもないよ。それより晩ごはんはどうしようか？」

フラムたちが再び騒ぎ出さないうちに、晩ごはんの準備を進めたい。

あいつら、エルルには自分たちの存在を内緒にしてくれって言うくせに、お構いなしに話しかけてくるからな。まったく！

「そうだね、せっかくなら星空を眺めながら食べるのもいいよね」

「さすがエルル。俺もそう考えてたところだよ」

「本当？　えへへ、同じこと考えてたなんて、ちょっと嬉しい」

少し照れた様子でそうはにかむエルルに、思わずドキッとしてしまった。

エルルはたまに反則級に可愛《かわい》いことを言ってくるからずるい。

「ユグドル町でもらったスパイスがあるから、それを使って何か作ろうかな」

「カルラケの？」

「そうそう。ピグの実があるから、スパイスたっぷりのソーセージもどきを作ろう！」

「ソーセージ⁉　ウェスタ町の名物だあ♪」

「ああ。まあそんな本格的なもんじゃないけどな。でもラップとアルミホイルがあれば、簡単に似たようなのが作れるんだよ」

まずはピグの実の皮をむいて、切って叩《たた》いてひき肉状にするところからか。

Pショップで顆粒《かりゅう》コンソメも買っておいてよかった。

これがあると簡単に味がまとまるんだよな。

ピグの実をひき肉状にしたらボウルに入れて、そこに顆粒コンソメと塩コショウ、それからカルラケの店でもらったカレー味のミックススパイスを加えて練り混ぜる。

「ソーセージの味つけって、ハーブと塩コショウの味か、そこに唐辛子を加えたものって決めつけてたよ。それ以外は見たことなかったから」

「そうか。パセリとレモンを加えたものもうまいぞ」

まあこれは、第一の人生でスーパーに売ってたものを買っていたから、そこからの情報なんだけど！

肉だねができたら、棒状に形を整えてラップで空気が入らないようにしっかりと包み、両端をキャンディーの包み紙のようにねじっていく。

そしてさらに、その上からアルミホイルを巻けば下準備は完了だ。

「私もやっていい？　やってみたい！」

「もちろん。助かるよ。空気が入らないようにだけ気をつけてな」

「はーい！」

俺とエルルは、肉だねをひたすらソーセージ状にラップとアルミホイルで包んでいった。

ついつい自分でやろうとしてしまうけど、こうして誰かに手伝ってもらうのもいいもんだよな。

エルルのおかげで、少しはそういうのにも慣れてきた気がする。

「あとはこれをフライパンで蒸し焼きにすれば完成だよ」

「そっか、この透明の不思議な膜が腸詰の代わりになるんだあ！　すごいねこれ！」

「あはは。これはラップっていう、俺の故郷の便利アイテムなんだ」

フライパンに少量のお湯を沸かし、そこに包んだソーセージもどきを並べて、蓋《ふた》をして蒸し焼きにしていく。十五分から二十分ほど蒸せば完成だ。

「わあ、本当にソーセージができてる！」

「このまま食べてもうまいけど、こんがり焼き目をつけるとよりおいしいよ。でもサラダは作るにしても、ソーセージだけじゃ足りないよな……」

パンを買っておけばよかったな。

Ｐショップで買い足すのもいいけど……あ。

「よし、小麦粉と水でブリトーを作るぞ！」

「ブリトー？」

「小麦粉と水を混ぜて焼くだけの簡単な生地に、ソーセージやら何やらを挟む料理だよ」

俺はソーセージを焼いて別皿に移動し、洗ったフライパンに油をひいて、小麦粉と水を混ぜただけのシンプルな生地を焼いていく。

片面焼けたら裏返して、そこに刻んだチーズと先ほど焼いたソーセージを置いた。

「あとはソーセージを包むように生地を折りたためば――はい完成！」

「あっという間だしすっごく簡単！　ピザに似てるけど、これは発酵させなくていいんだね。材料もシンプルだし、これなら私でもすぐに作れそうだよ」

「ああ。これを知ってると朝ごはんとしても重宝するぞ。最悪バターを塗って塩を振るだけでもうまい。小麦粉と水の量は、だいたい一対一と覚えておけばいいしな」

「覚えやすいね。アサヒくんは本当にいろんな料理を知ってるなあ」

俺は自分の分も作ったあと、小さく切ったソーセージで妖精《ようせい》たちの分も作ってやった。

今やエルルの中でも、この小さなお供えを作るのが当たり前になっている。

まったくの嘘《うそ》ではないとはいえ若干心が痛むが、お供えってことにして正解だった。

俺とエルルはリビングのカーテンを開け放ち、窓の近くへテーブルと椅子を移動させる。

ちなみに精霊たちは、外で食べるからと作ったブリトーを持って出ていった。

小さなブリトーが宙に浮いて消えていく様子、誰にも見られませんように！

「それじゃあ――いただきます！」

「フィーナ様に感謝を」

俺たちは燦然《さんぜん》と輝く星を窓際で眺めながら、チーズとカレーソーセージもどきを挟んだブリトーにかぶりついた。うまい！　モチモチとした生地ととろけたチーズに、カレー用スパイスをしっかり練り込んだソーセージが抜群に合っている。

この鼻に抜ける香り、たまらないな。

スパイスから作るカレーなんて、第一の人生では店でしか食べたことなかったけど。

でも今は余裕があるし、いつか自分でも一度くらい本格カレーを作ってみたいな。

こだわりのカレーを作れるって、なんかかっこいいと思うんだ。うん。

「わあ、おいしいっ！　この生地、弾力があって食感もいいね。カルラケ味のソーセージもびっくりするくらいレベル高いっ！　これは新しい名物にするべきだよっ！」

「あはは。気に入ってくれて何よりだ」

時折キラッと光って空を流れていくあれは、流れ星だろうか？

これからも平和で幸せな日々を送れるように、エルルが無事親族と再会できるように、しっかり祈っておこう。

まあ祈ったところで、この世界の神様はあの女神なんだけど。

女神らしいところもあるし悪いヤツじゃないけど、どうしてもぽんこつ感がなあ……。

でもあの自由な性格が羨《うらや》ましくもあり、何となく憎めずにいる。

「――アサヒくん？　苦い顔してどうかしたの？」

「うん？　ああ、いや、何でもないよ」

しまった、うっかり顔に出てた。

「そんなことより、エルルも流れ星に願いごとしたか？」

「流れ星にお願い？　流れ星って星の欠片《かけら》じゃないの？」

「いや、まあだいたいそうなんだけど……。俺の故郷だと、流れ星が消える前に三回願いごとを唱えると願いが叶《かな》うって言い伝えがあるんだよ」

「消える前に三回⁉　それってすっごく難易度高くない⁉」

「めちゃくちゃ高い。だからこそ、もし言えたら──ってことなんだろうな」

「あはっ、面白いね。でも頑張るところ違うんじゃない？」

エルルはそう言って、無邪気に声を上げて笑った。

え、えええ？　でも、たしかにそう言われたら何も言えない！

まさかそんな衝撃的な正論を突きつけられるなんて……。

普段はふわふわしてるし神様のことは信じてるのに、意外と現実的な面もあるんだな⁉

日本人みたいに何でもござれではないってことか……。

「き、気分の問題とかいろいろあるんだよ……」

「ふふっ、でもロマンチックでいいね。私も今度から流れ星にお願いしようかな～？」

「おう。祈っても叶うか分からないけど、祈らなければゼロなんだ。ならやったもん勝ちだろ？」

「そっかあ。そうだね♪　お願い、何にしようかな？」

エルルは楽しそうに笑いながら、再び星空に目をやった。

視界の端には、外でヒュンヒュン飛びながら楽しそうに騒いでいる精霊たちが見える。

この何てことない日常も、俺にとっては初めて手に入れた幸せだ。

最初はエルルを助けなきゃと思ってビスマ村への旅を決意したけど、本当に助けられてるのは俺の方かもしれないな。

俺はあの自由なぽんこつ女神に少しだけ感謝しつつ、星空を見上げた。

特別編　絶品ナスの厚切りステーキ

ユグドル町《まち》へ来て数日が経《た》った。

「見られそうなところは一通り見て回ったし、そろそろビスマ村へ向かう準備を始めるか」

「そうだね。まずは足りないものをリストアップした方がいいかも！」

俺とエルルは、それぞれ必要なものや買いたいものを確認してフォーレス商店街へ向かった。

そして買い物を終えた帰り道、一人の若い青年エルフがこちらへ向かってくるのが見えた。

「アサヒ様！」

「……はい。ええと、どうかしましたか？」

どこかで会ったっけ？　エルミア様関係のエルフか？

サラサラの金髪と青い瞳《ひとみ》が美しい美青年だが、エルフの町にはこうした外見の青年が多く存在しているため、正直見分けるのが難しい。

フォーレス商店街の誰かだとしたら、覚えていない可能性もある。ごめん。

「突然すみません。あのっ、僕、農業の勉強をしながらエルミア様の農場で働いているリンディアと申します。数日前に農場へ視察に来てくださった際お見掛けして、僕もちゃんとお礼がしたいと思い……」

「農場……？」

あー、あのエルミア様に突然農場へ連れていかれたときの！

俺はエルルに、先日エルミア様に連れていかれたあとのことを説明した。

「ほんの気持ちですので気にしないでください」

「アサヒ様に《森の奇跡》をいただくまで、農場は魔獣に穢《けが》されてひどい有様だったんです。エルミア様もどうしたらいいのかと頭を抱えていて……。ですので本当に助かりました。ありがとうございます！」

リンディアはそう言って、丁寧に深々と頭を下げた。

セインに手土産用としてもらったものを渡しただけだし、俺が偉そうにできるようなことは何一つないんだけどな……でも言えない！

「よ、喜んでいただけてよかったです」

「それでその……よろしければ、ぜひお礼をさせていただけないでしょうか？」

「ええ……いやでもあれは手土産で……」

俺は断ろうと思ったが、リンディアに懇願するような目で見つめられて何も言えなくなってしまった。

断れない性格の自分が辛《つら》い！

「……で、では、お言葉に甘えても？」

「はいっ！　ありがとうございます！　それでは少しついてきていただけますか？　もちろん、エルル様も一緒に」

「分かりました。エルルもいいか？」

「うん。私はアサヒくんと一緒ならどこでも」

リンディアは農場へ向かって歩いており、しばらく行くと先日見たあの光景が見えてきた。

相変わらず、みずみずしい立派な作物がたわわに実っている。

「……わあ！　立派な野菜がたくさんだね！」

「ええ。今はすっかり――以前以上に元気に育っております」

前回は突然すぎて気づかなかったが、農場周辺は整備されているのか木々もなく、見上げると青空が広がっていた。


農場からもうしばらく歩いたところで、リンディアが「ここです」と立ち止まった。

「こちらが僕の家です。エルミア様のお屋敷のような立派さはありませんが――よろしければ、農場の野菜を使った料理をご馳走《ちそう》させてください」

「いいんですか？　ありがとうございます！」

「わ、私までいいんでしょうか？」

「もちろんです！　エルルル様も、エルミア様に認められた大事なお客様ですから！」

「あ、ありがとうございます！　それじゃあお邪魔します！」

案内されたのは二階建ての木組みの家で、さほど広くはないが温かみを感じる手入れの行き届いた室内が広がっていた。

木製の家具も長年使われているからこその味があり、エルフが自然を大事にしていることが伝わってくる。

「素敵なおうちですね」

「ありがとうございます。小さい家ですが、気に入ってるんです。そちらにかけて少しお待ちください」

リンディアはそう言うと、エプロンをつけ腕まくりをして手を洗い始めた。

農家さんが作る野菜料理、気になるな……。

「あ、あの、もし差し支えなければ、料理するところを見ていてもいいですか？」

「え？　で、でもそんな、アサヒ様にお見せするようなものでは……」

「最近料理にハマってまして、農家の方が作る料理を見てみたいんです」

「そ、そう、ですか？　僕は全然かまいませんが……。それならこちらへ」

俺とエルルがワクワクしながらキッチンへ向かうと、リンディアは少しぽかんとした様子で俺を見て、それからおかしそうに笑った。

「――ふふっ。エルミア様に認められて《証》まで渡されたすごいお方なのに、僕みたいな素人の料理を見たいなんて。本当に、みんなが言っていた通りの人だなあ」

「えっ？　ええと……？」

リンディアいわく、どうやらこのユグドル町では今、俺とエルルの話題で持ち切りらしい。

いったいどんな噂《うわさ》をされてるんだろう？

「そこらの人間貴族なんか比較にならないほどの力をお持ちなのに、ただの旅人を名乗っていて、一般エルフとも分け隔てなく接してくれる素晴らしいお方だって聞きました」

「ええ……。いや、そんな大層な人間じゃ……」

なんかすごい持ち上げられてる！

この世界では、本当に地位も後ろ盾もないただの旅人なんだけどな……。

まあ、女神のおかげでそれなりに力は持ってるけど。

「……そういえば、今日は何を作ってくださるんですか？」

「えっと……今日は立派なナスが手に入ったので、ナスの厚切りステーキを作ろうかなと。この農場で作られたナスは、とろっととろけておいしいんですよ〜」

リンディアは想像したのか、自身の表情をとろけさせている。

本当に野菜が好きなんだな。

そしてナスの厚切りステーキ！　いいな、俺も好きだ！

俺は第一の人生で、ナスを焼いて麺《めん》つゆを絡めたおかずを作っていたのを思い出した。

これをごはんに載せるとうまいんだよなー。

この世界ではどんな味つけなんだろう？

「それじゃあ、早速作っていきますね！」

そう言ってリンディアが取り出したナスは、本当に立派だった。

濃い紫色をしていてツヤとハリがあり、太さもしっかりあって存在感がすごい。

エルルも「立派なナス！」と感動している。

「これを洗って縦半分に切って、味が染みこみやすいように格子状の切れ目を入れます」

そう説明しながら彼が包丁を入れると、みずみずしい断面が姿を現した。

これは絶対おいしいやつ！

「それからベーコンとにんにくを刻めば下準備は終わりです。あとは焼くだけですよ！」

リンディアはフライパンにバターとオリーブオイルを少し、それからスライスしたにんにくを入れて加熱し始めた。

バターだけでは焦げやすいため、オリーブオイルを加えて対策しているのだろう。

少しすると、食欲をそそるバターとにんにくの香りが一気に広がった。

この暴力的なまでのそそる香りは、全人類の味方だと思っている。

「にんにくをいったん取り出して、ここからナスを焼いていきます。切り口の方から焼いていくと早く焼けます」

ナスから水分が滲《にじ》んで程よく焦げ目がついたら、裏返して皮の面も焼いていく。

詰まっていた身が柔らかくなり、とろっとしていくのが分かる。

「ナスを焼いている間に、サラダを作ってしまいましょう！」

ナスの様子を見ながら、リンディアはサラダ作りに着手し始めた。

サラダはレタスとトマト、オレンジ、キウイ、さらにバジルとカッテージチーズもたっぷり使って作っていく。

なんかデパ地下とかにありそう！

しかも使われている野菜とフルーツは、全て贈答品かと思うくらいハイレベルな見た目をしている。

そういや、サラダにフルーツを加えるって自分じゃなかなかやらないな……。

「わあ、宝石箱みたい！　私、こんなサラダ見たことないです！」

「本当ですか？　喜んでいただけて嬉《うれ》しいです。これもすべて、アサヒ様がくださった《森の奇跡》のおかげですよ！」

目を輝かせるエルルを見て、リンディアも嬉しそうにしている。

「ナスに八割くらい火が通ったら、端で刻んだベーコンを焼いて、にんにくを戻し入れてナスに絡めて——あとはこのハーブソルトで味を調えれば完成です」

「ハーブソルトですか、いいですね！」

そしてすさまじく手際がいい！

流れるような作業のすべてに無駄がなく、うっかり見入ってしまった。

「エルミア様からお聞きになったかもしれませんが、ユグドル町ではハーブがたくさん採れるのでよく使われるんです。そうだ！　せっかくなので、今日は少し追いバターをしましょう！」

バターを最後に加えると風味がしっかり立つのだと、嬉しそうに話してくれた。

「あとはサラダを完成させて盛りつけるだけなので、お二人は席でお待ちください」

「俺も手伝いますよ」

「いえいえ、今日はお礼としておもてなしをしたいのでどうか……」

そうリンディアに促されて、俺とエルルは席で待つことになった。

本当、次会ったらセインにお礼をしないとな……。

しばらくすると、ナスの厚切りステーキとサラダが運ばれてきた。

厚切りステーキは、一緒に炒《いた》めたベーコンとにんにく、それからクレソンもセットになっている。

サラダには砕いたナッツもトッピングされていて、一層おしゃれ度が増していた。

「豪華さや派手さはないかもしれませんが、きっと気に入っていただけると思います。どうぞ召し上がってください！」

「いやいや、十分ご馳走ですよ！　それではお言葉に甘えて——いただきます！」

「フィーナ様に感謝を」

ナイフとフォークを使ってナスを切り口へ運ぶと、ジュワッと甘いナスの水分が口いっぱいに広がった。

「お、おいしい……！　本当においしいです！」

肉質も本当にとろけるような舌ざわりで、皮も違和感なく消えていく。

こんなうまいナスを食べたのは初めてだ。

「このナス、味はしっかりしてるのに変なクセがまったくない！　魅力だけを詰め込んだような味がする……。食感も滑らかでとろとろで、口の中が幸せでいっぱいだよ～」

エルルもほっぺたを押さえて、至福の表情を浮かべている。

これは本当、特別なご馳走としか言いようがない。

ハーブソルトも豊かな香りが爽《さわ》やかで、バターのミルキーな味わいとコク、ベーコンの塩気とうまみが合わさって、味の濃いナスとうまい具合に調和して最高のバランスを生み出していた。

にんにくのパンチある味がアクセントになっているのも、またいい。

どれか一つでも欠けると成立しない、糸のようなバランスの上にある繊細な味だと感じた。

「サラダもすっごくおいしい！　レタスもパリッとシャキシャキしてるし、トマトもキウイも甘みが濃厚でおいしいけど。でも何よりオレンジがすごいよ、アサヒくんも食べて！」

「——本当、うまい。このオレンジ、果肉と果汁にゼリーのフルフル感を合わせていいとこどりしたみたいな食感だ。こんなの初めて食べたよ……。ミルク感の強いカッテージチーズともすごく合いますね！」

バジルも含め、一つ一つどれを取っても味が濃くレベルも高いのに、それぞれが邪魔することなく絶妙なハーモニーを奏でている。

エルフはいつもこんなにうまいものを食べてるんだろうか？

そりゃあ美しくもなるわ！　羨《うらや》ましい！

「さすがアサヒ様とエルル様、分かってくださいますか！　このオレンジはユグドル町の特産品なんです。はるか昔、森に迷ったエルフがたまたま出会ったという、幻の果実が基になっているそうですよ。言い伝えですけどね」

力尽き倒れそうになっていたエルフの前に現れたその果実は、町にあるどんなフルーツよりも甘美かつ官能的な味で、一口食べるごとに気力も体力も回復させたという。

しかしその後いくら探しても見つけることはできず、それでもその味と舌ざわりが忘れられなかったエルフは、長年かけて改良を重ねこのオレンジを生み出したらしい。

これはユグドル町に伝わる有名な話で、絵本にもなっていると教えてくれた。

――多分、普通の人間が立ち入れない場所にあるとかそういうことなんだろうな……。

それはぜひとも本物を味わってみたいものだ。

今度セインに聞いてみよう。

「……そしてこのオレンジは、エルミア様が管理されているあの農場でしか作られていないんです。アサヒ様がいなかったらどうなっていたか……」

「そうなんですか⁉　それは本当、森の恵みに感謝ですね……」

「あはは、アサヒ様は本当に謙虚なお方ですね。アサヒ様やエルル様を見ていると、自分たちエルフの他種族との接し方に疑問を抱いてしまいます……」

リンディアが言っているのは、手土産の有無や価値で相手の扱いが変わることや、以前エルルが話していた「喋《しゃべ》る価値がないって思われたら、共通語で喋ってくれなくなる」というような、選民思想的なあれのことだろう。

たしかにそれは、そこだけ見ると褒められたことじゃない。

というか、むしろだいぶ性格が悪いようにも思える。

だがそうなったのには理由があるはずで、エルフは自分たちが搾取されないよう、身を守るためにそういう形を取るようになっていったのだろう。

大人しくしているばかりがいいとは言い切れないのが、世渡りの辛いところだ。

「人間は欲深い生き物なので、身を守るにはそれくらいの方がいいのかもしれませんよ。それはきっと、先人の知恵なのだと思います」

「そう、なんでしょうか？　アサヒ様はお優しいですね」

「あはは。俺にはエルフが気高く輝いて見えますよ」

実際、ウェスタ町にはエルルを狙う獣人狩りの集団がいるらしいしな。

エルフだって、安易に人間と関わればきっと——。

万が一にも俺のせいでそんなことになったら、後悔してもしきれない。

だから俺は、エルフはエルフ、人間は人間、これでいいのだろうと思う。

「とってもおいしかったです。素晴らしいものを堪能させていただきました！」

「私も元々野菜は好きですけど、こんなにおいしいと思ったのは初めてです！」

「そう言ってもらえてよかったです！　エルミア様にもお伝えしておきます」

リンディアは嬉しそうにそう言って笑った。

「今日は本当にありがとうございました！」

「こちらこそ！　ささやかながらお二人をおもてなしできたこと、光栄に思います。お二人とも次はビスマ村へ向かわれるのですよね？」

「ええ、そのつもりです」

「すごいなあ。ユグドル町のことは大好きですし、今の生活に不満があるわけではないんですが、各地を旅して回るというのも少し憧《あこが》れます。まあ僕みたいなヘタレには無理ですけどね……」

えへへ、と笑うリンディアからは、本当に俺たちを「仲間」として受け入れてくれているような、自然な温かさを感じた。

一般的にエルフの特徴とされている高圧的な態度や冷たさは、やっぱり異種族を受け入れることへの不安感から生まれているのかもしれないな。

こうして個々に関わってみると、みんなとても友好的で穏やかな性格をしている。

俺とエルルが《証》を持っているというのも大きいと思うが、そこにあるのは、恐らく人間にありがちな打算などではない。

シンプルに、安心したから受け入れたという感覚が伝わってくる。

——これを知ることができただけでも、ユグドル町へ来て本当によかったな。

立ち寄らずに通過していたら、俺の中でエルフは傲慢《ごうまん》で性格の悪い、関わりたくない種族になっていたかもしれない。

「今は少し難しいかもしれませんが、よかったらいつかどこかへ案内しますよ」

「えっ⁉　い、いえそんな！　僕みたいな弱いエルフが一緒だと、きっと足手まといになってしまいます！　それに農場のこともありますし……。でも、またこの町へ来られた際にはぜひ旅のお話を聞かせてください！」

「……分かりました。その際には、何かお土産を持ってきますね」

「楽しみにしてます！　──あ、そうだ、お時間もう少し大丈夫ですか？」

「え？　はい。買い物も終わりましたし、今日はもう特に用事はないので」

「それなら少しお待ちください！」

リンディアは何か思いついたようで、それだけ言ってキッチンの方へ向かった。

どうしたんだろう？


「──お待たせいたしました。これ、よかったらどうぞ」

戻ってきたリンディアは、俺に紙袋を渡してくれた。

「これは……？」

「生ハムとバジル、クリームチーズ、トマトを挟んだサンドイッチです。あと、オレンジジャムとカッテージチーズも入れています。この町の特産品を使って作ってみました！」

「い、いいんですか？　ご馳走《ちそう》していただいたうえお土産まで……」

「もちろんです。ぜひもらってください！　夜の早い時間には森が光るので、景色を眺めながら食べるのもおすすめですよ」

も、森が光る……？

でも、めちゃくちゃいい人──じゃなかった、エルフ！

「ありがとうございます！　行ってみます！」

「ありがとうございます。楽しみだねっ、アサヒくん♪」

こうして俺とエルルは、受け取った紙袋を手にリンディアの家をあとにした。

◇◇◇

その日の夜。

俺とエルルは、フォーレス商店街の近くにある小さな公園へ向かった。

夜遅いためか誰もいない貸し切り状態だが、リンディアが言っていたとおり木々のまわりを金色に輝く光の粒が舞い、美しく輝いていた。

それ以外にもシャボン玉のような柔らかな光の玉がふわふわと浮かんでいて、まるで夢の中にいるような気持ちになってくる。

「すごいよね。本当に綺麗《きれい》……」

「だな。これが自然現象だっていうんだから、もう意味が分からないよな……」

「だね～。これも、エルフの力に満ちているから起こることなのかなあ？」

リンディアによると、この木々の周囲を舞う光は意図的なライトアップではなく、夜になると一定の時間だけ起こる自然現象らしい。

ちなみに、すべての木々が光るわけではなく数種類にのみ起こる現象なんだそうだ。

夜になって光を失ったと勘違いした木が、生長に必要な光を得るために生み出すのではないか、と言われていると教えてくれた。そのため、木々が眠ると光も消えるらしい。

理由がぽんこつ可愛《かわい》くて、愛着が湧いてしまいそうだ。

「ここのベンチで食べようか」

公園にはいくつかのベンチが置かれていて、景色を楽しみながら食べるのにちょうどよさそうだ。

俺とエルルはベンチに腰を下ろし、ふう、と一息ついた。

今日は買い物だけの予定だったけど、何だかんだで濃い一日になったな。

それにしても、エルミア様の農場がそんな重要な役割を担っていたとは……。

あのオレンジが絶えなくてよかった！


リンディアにもらったサンドイッチは、分けやすいよう一人分ずつ箱に入れてあった。

ありがたい！

「はいこれ、エルルの分な。ジャムとカッテージチーズは持ち帰ろう」

「ありがとう。ふふ、頑張ったときのちょっと特別なごほうびによさそうだね！」

「あはは、いいなそれ」

俺たちは他愛《たわい》のない会話に花を咲かせながら、サンドイッチにかぶりついた。

サンドイッチは、ナスの厚切りステーキやサラダに引けを取らないクオリティで、時が止まるかと思うくらいにうまかった。

「うっま！　なんかもう、すべてがすごい！」

「うん、おいしい！　素材の味が濃いから、シンプルな味つけが贅沢《ぜいたく》に感じるよね～」

中に挟まっている生ハムやチーズ、野菜類もおいしいが、パンもまったく負けていない。

ふわふわでもっちりしつつもしっかりめの生地で、小麦の香りや風味を確かに感じられる。

ほんのり感じる酸味も、挟まれている具材のおいしさを引き立たせていた。

「味つけがオリーブオイルと塩コショウだけとは思えないレベルの高さだな……！」

「オリーブオイルもおいしいよね！　ウェスタ町でもビスマ村でも使われてる定番の油だけど、ユグドル町のは香りが少し独特で強い気がする」

「森を大切にしている種族だし、土に栄養がたっぷり蓄えられてるのかもな」

「そうかも。まさに大地の恵みだね！」

そう言って笑うエルルを見て、この子を連れてきてよかったなと心から思った。

最初にエルルがついてきてしまったときは、正直戦えない女の子を連れて旅するなんて、しかも森を越えるなんてって不安もあった。

でも女神がくれた力と精霊たち、あとはセインのおかげで案外どうにかなったたし。

やっぱり俺も男なので、こんなに可愛くて優しい子が一緒にいて懐いてくれるのは、当然悪い気はしない。というか嬉《うれ》しいし、なんならちょっとドキドキしてしまうこともある。

今だって――――なんてな！

『あーっ、アサヒまたおいしそうなもの食べてる！　ずるーい！』

『ち、ちょっとフラム！　今日は二人を見守るって決めましたわよね⁉』

『あらあら、まったくしょうがない子ね～。うふふ、でもいい雰囲気なんじゃない？』

近くの木の葉が不自然に揺れたと思ったら、精霊たちが姿を現した。

えっ⁉　なっ――こいつらいつから――⁉

今日は姿を見かけないなと思ってたけど、まさか見られてたとは……。

ユグドル町は精霊の気配を感じづらいことだけが難点だな！

べつにやましいことはしてない。してないが、不意打ちはなんとなく恥ずかしい……。

俺、変なことしてなかったよな⁉

「アサヒくん？」

「え、あ、いや、あはは。ごめん、何でもないよ」

俺は残りのサンドイッチを食べ終え、精霊たちの気遣いに若干困惑しつつも再び目の前の光と木々に目を向けた。

本当に、今日も平和だな！

あとがき

はじめましての方も、いつも読んでくださっている方もこんにちは。ぼっち猫《ねこ》です。

この度は、この『ごほうび転生！～神様にもらった【ポータブルハウス】と【地図帳】で自由な旅を満喫します！～』をお手に取ってくださりありがとうございます。

本作は、第9回カクヨムWeb小説コンテスト異世界ファンタジー部門で特別賞を受賞した作品で、ぼっち猫として四作目の商業作品となります。まさかこんなに大きなコンテストで受賞できるとは思ってなかったので、受賞の連絡をいただいたときは正直とても驚きました。

今回イラストを担当してくださったのは、ｒｉｒｉｔｔｏ先生。

ラフの段階からすでに素晴らしく可愛《かわい》く描いてくださって、完成形ではさらにレベルアップしていて、早く皆様に見てほしくて仕方がなかったです。

素敵に仕上げてくださり本当にありがとうございます！

そしてデビュー時からずっとお世話になっている担当編集様や、本作に関わってくださった皆様へも深くお礼申し上げます。

この「ごほうび転生！」は、私が「インハウス」という用語を知ったことから始まりました。

皆さんは「インハウス」って知ってますか？

会社の外ではなく社内スタッフによって内製化された状態を「インハウス」って言うらしいんですが、私は聞いたことがなくて、そのとき犬が犬小屋へ入る光景が頭に浮かんだんですよね。

ほら、犬小屋へ戻らせる際「ハウス！」って言うじゃないですか。そのイメージです。

それで、私が今神戸《こうべ》に住んでいることもあり、犬小屋みたいな感じのポータブルな人間用の家があったらいいのになあー。そしたらいつでも東京へ行けるし、なんなら全国各地を巡れるのに……と。

そこから妄想が膨らんで【ポータブルハウス】へ行きつき、どうせなら移動も自由な方がいいなと特別仕様の【地図帳】も追加しました。

——と、始まりは思わぬところからだったのですが……。そうした発想から楽しく書けたことが影響したのか、こうして無事書籍にすることができました。インハウスありがとう（笑）。

私自身も旅や冒険が大好きなので、正直書いていてアサヒが羨《うらや》ましくて仕方がなかったです。

本作の【ポータブルハウス】と【地図帳】、旅好きには最強の組み合わせだと思いませんか？

自分が手にしたらどんな旅をするだろう？　と、そんなことばかり考えてしまいます。

皆様にも、いろいろな妄想もセットでお楽しみいただけますと幸いです。

それでは最後に改めて、本作に興味を持ってくださりありがとうございました！

またどこかでお会いできると嬉しいです。

お便りはこちらまで

〒102－8177
カドカワBOOKS編集部　気付
ぼっち猫（様）宛
riritto（様）宛

カドカワBOOKS

ごほうび転生《てんせい》！
〜神様《かみさま》にもらった【ポータブルハウス】と【地図帳《ちずちょう》】で自由《じゆう》な旅《たび》を満喫《まんきつ》します！〜

2025年４月10日　初版発行

著者／ぼっち猫《ねこ》

発行者／山下直久

発行／株式会社KADOKAWA

〒102-8177
東京都千代田区富士見2-13-3
電話／0570-002-301（ナビダイヤル）

編集／カドカワBOOKS編集部

印刷所／株式会社ＤＮＰ出版プロダクツ

製本所／株式会社ＤＮＰ出版プロダクツ

ISBN 978-4-04-075876-3 C0093

新文芸宣言

かつて「知」と「美」は特権階級の所有物でした。

15世紀、グーテンベルクが発明した活版印刷技術は、特権階級から「知」と「美」を解放し、ルネサンスや宗教改革を導きました。市民革命や産業革命も、大衆に「知」と「美」が広まらなければ起こりえませんでした。人間は、本を読むことにより、自由と平等を獲得していったのです。

21世紀、インターネット技術により、第二の「知」と「美」の解放が起こりました。一部の選ばれた才能を持つ者だけが文章や絵、映像を発表できる時代は終わり、誰もがネット上で自己表現を出来る時代がやってきました。

UGC（ユーザージェネレイテッドコンテンツ）の波は、今世界を席巻しています。UGCから生まれた小説は、一般大衆からの批評を取り込みながら内容を充実させて行きます。受け手と送り手の情報の交換によって、UGCは量的な評価を獲得し、爆発的にその数を増やしているのです。

こうしたUGCから生まれた小説群を、私たちは「新文芸」と名付けました。

新文芸は、インターネットによる新しい「知」と「美」の形です。

2015年10月10日

井上伸一郎

最強の鑑定士って誰のこと？
Who is the strongest appraiser?
~満腹ごはんで異世界生活~
美味しい料理で胃袋をがっつり掴んだり……
チートアイテム＆技能でものづくりをしたり……
たまに活躍!?
チートな鑑定で事件も解決!!

異世界で
料理で胃袋をわし掴み!?
主夫生活始めます!
最強の鑑定士って誰のこと？
1
不二原理夏
港瀬つかさ
シソ
B's LOG COMICにて
連載中!
ビーズログコミックスより
コミックス絶賛発売中!!
漫画：不二原理夏
原作：港瀬つかさ
キャラクター原案：シソ
港瀬つかさ ill. シソ
異世界転移し、鑑定系最強チートを手にした男子高校生の釘宮悠利。ひょんな事から冒険者に保護され、彼らのアジトで料理担当に。持ち前の腕と技能を使い、料理で皆の胃袋を掴みつつ異世界スローライフを突き進む!!
シリーズ好評発売中!
カドカワBOOKS

俺、悪役騎士団長に転生する。

酒本アズサ　イラスト／kodamazon

悪名高い騎士団長ジュスタンは、自分が七人の弟を世話する大学生だったことを思い出す。自らの行いを正しつつ騎士団の悪ガキたちを躾け＆餌付けしていたら、イメージ改善どころか皆が「お兄ちゃん」と慕ってきて!?

カドカワBOOKS